U0021987

樹的夢想

徜徉自然之間，聽一花一木、一草一石說說話

李家萍——著

牛浩然——攝影

自序

親身接近土地，用嶄新的眼光觀察大自然

從一九九七年十二月到一九九九年，總共七百三十八天，一位名叫 Julia Butterfly Hill 的二十三歲女性，為了保護北加州古老的紅木森林，免於被砍伐當做木材，露宿在一棵一千五百歲紅木老樹上，她為這棵樹取名「露娜」（Luna）。她的救樹行動，引起國際注意，最終完成使命，救了千年老樹。

勇敢的女孩救了露娜，然而全球需要被救援的樹無數。古老的樹、年輕的樹、大樹、小樹，都在濫砍亂伐、頻密山火、過度開墾、樹木疫情種種困境下，飽受威脅。

大家都知道，樹能放出氧氣、吸收二氧化碳、過濾污染、隔音擋風、保持土壤、美化環境，更是野生動物的家園。

西班牙的藝術展「樹的夢想」，是樹在哭泣，在求援，它們夢想人類會保護自然環境，會和大自然和諧共存，會維持生態系統平衡和多樣性，它們急需人類的關注和行動。

我的一系列關於大自然的文章，「我有感覺」，是希望替自然界的一花一

木、一草一石說話。看了這個展覽，感同身受，期盼樹不要哭泣，會努力完成樹的夢想，也選了當中二十七篇以樹木花草為主的文章，集結成書，並以此為名。

兒子浩然常常和我一起在家園耕作勞動、爬坡賞景，有聊不完的話題。

有一天他說，「妳和爸爸講到過去，都會提到野外。爸爸說，他小時候的家附近有水稻田和竹林，很安靜涼爽，他常在竹林裡讀書。每天上學，要光著腳丫走過田埂，不時會遇到草蛇。妳說到曾祖母，總是提到她在妳的床頭放一個小碟，裝著剛摘下的玉蘭花。阿公阿嬤愛種花。妳最愛遠足，在荒野大聲唱歌、去摘花做標本。聽起來，你們都喜歡在戶外活動。」

他還說，「我小時候是恐龍迷，妳和爸爸帶著我去世界各處，追逐發現恐龍化石的遺址。到了現場，好像那些巨大的恐龍就在這塊土地上活動，感覺比在電視上看到的精彩多了。我七歲時，妳帶我參加過一個活動。晚上在野外露營，聽各種昆蟲、鳥獸的聲音。寂靜的夜晚，清楚地聽到各種蟲子唧唧啾啾、貓頭鷹咕咕呼呼、郊狼高聲嚎、青蛙呱呱叫，那些聲音久久都停留在耳邊。」

我當然記得那個夜晚。聽著各種野性的呼叫，此起彼落，久不停息，是大地在吟誦歡唱，也覺得滿天星斗張著閃爍的眼睛，看著躺在荒郊的我們。不遠處是一片樹林，也許有一隻狐狸正躲在黑暗處，好奇地窺視著我們。

兒子從小跟著一位很有創意的老師學畫。他們會在高大的芥末草叢中翻滾，和加拿大雁追逐玩耍，撿石頭，撲蝴蝶。回家後，他一本正經地學老師的口吻說，大自然是藝術靈感的泉源。

兒子和許多好友經常結伴登山旅遊，熱愛自然。相信他們不會是《樹林中最後的小孩》（Last Child in the Woods）書中描述的這一代，愛待在室內，只要有插座可以使用不同的電子產品，玩不同的影音遊戲就夠了。

曾經搬過幾次家，每個家總有特別嬌美的花朵開放，令人難忘。「種粉紅綉球花的那個家」，「有橘色九重葛的那間屋」，或者「步道邊都是白玫瑰的那個老家」。它們好像也知道我們愛花，總是為我們花開不斷。

有一年的同學會，每人要寫一段重聚感言，大家都寫下多年來的經歷、貢獻和事業。我寫了這些年來種下數百棵樹，樹樹皆壯碩俊逸，覺得很光榮，也是自己最值得記下的一段豐功偉業。

聖雄甘地說：「忘卻如何挖掘泥土和保護大地，等同忘了自我。」能夠和大地之母連結起來，是人的本能。很幸運，十多年來，我們有機會將一大片尚未開發的山坡荒地，逐漸改變成順應自然生態的美麗家園。我們認真思考、努力學習，不濫墾亂伐，保留原生植被，讓這塊土地上瀕臨絕種的灰藍蚋鶯和本土植物有永久棲身之處。

我們種植的花草、樹木、蔬菜、水果，配合氣候、雨量、日照，儘量讓萬物自然生長茁壯，吸引各種昆蟲鳥獸，實現「月月花開，季季果摘」的夢想，花朵嬌豔，果實豐碩，蔬菜甜美，也迎來了蜂飛蝶舞蟲鳥鳴。這片自然生態的有機田園，更不時增加了許多不請自來的植物和鳥獸。

從親身接近土地，我們學會等待，每一次的休息就是等著下一季的收成，也體會到恰當的無為才是自然。心安靜下來，專注聆聽，仔細觀察，大自然有許多故事要說。它展示出來的是那麼豐富、那麼深奧，充滿智慧、充滿哲理，有它的定律、有它的涵義，我們知道的委實太少。

我們每天用嶄新的眼光觀察周遭環境，對大自然充滿驚嘆敬畏之心。野生動物和各種植物互相影響、溝通、支援，共生共享。小如種子，大如巨樹，美如春花，多如野草，都在永續發展上，有它的一席之地。

謝謝種樹的伙伴們，外子鐵軍和兒子浩然，還有十多年來辛勤工作的園丁團隊。

目錄

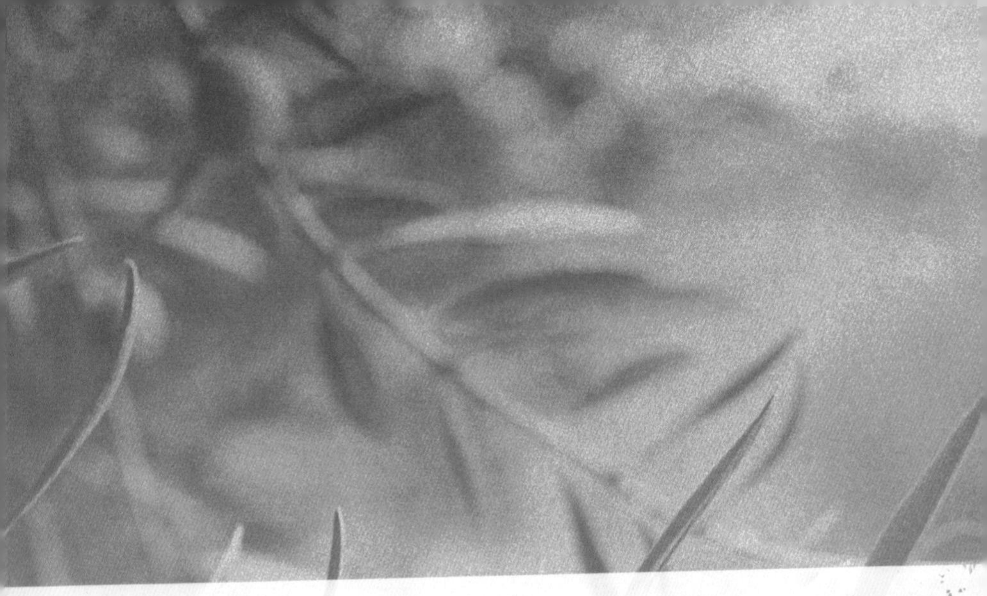

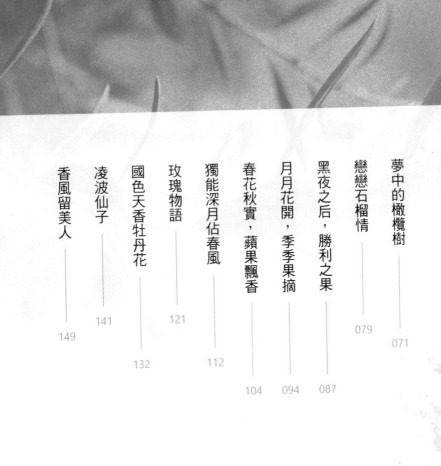

案頭＆鋤頭

我們都有不同的理由喜愛園藝。有人就是愛植物、愛大自然；有人希望美化家園；有人想要創作，把花園當畫布；有人把園藝工作當作體能鍛鍊；還有人只想走出家門，到戶外吸收新鮮空氣；有些人想法很單純，只要看到植物長大就開心，像是看著自己的孩子成長；還有人希望改善我們的地球，先從自己的花園做起。大自然是許多人心中的殿堂。

不管什麼原因，都各得樂趣和益處。兒子問，為什麼那麼沈醉在庭園工作。我回答，欣賞自己栽種的花草樹木，樂在其中；吃自己種的蔬菜水果，營養又好吃；勞動步行，搬運重物，幫助維持體能，增進骨骼、關節、肌肉的健康；操作各種工具器械，增強四肢和手指的靈活度。心理方面更是獲益良多，園藝工作幫助紓解壓力，忘掉煩惱，培養毅力，增加認知力和專注力，尤其是接觸泥土，其中的微生物，牝牛分枝桿菌，可以刺激大腦產生血清素，活化腦細胞，覺得放鬆，增加快樂荷爾蒙。

醫學專家鼓勵大家，走到戶外。開放的空間，流動的空氣，自然界的景物都有益身心。許多人漸漸把住家的活動範圍延伸到戶外。人們在庭園裡觀察自然、走動呼吸、散步爬坡、種果養菜、玩泥土石頭、聽風聲鳥鳴。

吃自己種的蔬菜，已經成為一種風潮。我常用現有的，番茄、甜椒、絲瓜、苦瓜、魚翅瓜、南瓜、黃瓜，播種培育。蔥、洋蔥、馬鈴薯、番薯、紅蘿蔔切段切塊插種，都有很好的收成。需要的時候，隨手摘取，菜園成為廚房的一部分，當起自耕農。

這時，想起諾貝爾文學獎得主克努特．漢姆生（Knut Hamsun），挪威人，一九二一年寫了一本書《大地的成長》（Growth of the Soil）。他肯定自給自足的小農經濟，是保守的傳統觀念，他說，「因為我屬於森林，屬於孤獨。」這不就像疫情時的我們，自耕自食，拒絕社交活動，孤獨地守著家園。他的書也讓我們重新思考人與自然界的關係，體會到人的一生能夠與土地共同成長，是最幸福的一件事。

大多數人在人生的某個階段，多多少少玩過泥土。童年時期，在竹籬笆前種株牽牛花，在後院一小方塊地上養棵葡萄。成年後的我們，才比較可能有設計和營造庭園的經驗。有人有大片土地，或只是彈丸之地，可能是大樓裡的陽台或屋頂上的花園。有的靠山，有的靠海，有人臨近溪湖，有人毗鄰沙漠。有些地方春夏秋冬，四季分明；有些地方，濕冷的日子少，乾熱的日子多，或正好相反。位置、氣候和生活方式不同，設計出的花園也不一樣。

我們不用人工柵欄，而是用植物做樹籬。不像金屬、木材或合成的材料做成的圍欄，一裝上去，馬上可以看到成品，樹籬需要時間成長。我們利用了幾種不同的植物，高達十呎的是日本女貞，較矮的是黃楊灌木，開粉紅花的石斑木，和直立型的迷迭香。為了增加庭園色彩，還用了綠珊瑚，顏色隨著季節變換，夏天翠綠，冬天橘紅。樹籬用來劃出界線，和街道隔開或庭園內分區。通常用的植物是常綠喬木、灌木或藤蔓。一層一層的樹籬，保護隱私、擋風避塵、減少噪音、節省用水。對野生動物、昆蟲和鳥類，樹籬提供牠們食物，是牠們的庇護所，也是築巢造窩的場地。

每個人在設計自家的花園時，內心深處的喜愛、思念、感覺，無形中表現出來。也許是在某地旅遊時，看到的一片青青草原；也許是在外婆家爬過的一棵大樹；也許是老朋友贈送的一束鮮花。點點滴滴的記憶都可能啟發我們的決定。

為了讓戶外活動更豐富、更有趣、更舒適，視覺、聽覺、嗅覺、觸覺和味覺都應該斟酌。平衡感非常重要。就像寫文章做詩詞，措詞造句要適當謹慎切題，選擇植物也一樣，品種、大小、形狀、顏色、栽種位置，都影響庭園的設計，滿足自己的審美觀。園藝活動，可以說是挑動主人文學、藝術、音樂的細胞。

要成為一個園藝工作者，需要具備熱情、喜愛和願景。多看看別人的花園、多了解大自然、多聽聽別人的經驗、多閱讀有關的書籍，都會幫助做一些正確的決定，找出主題，改善技術。陽光充足的地方，種大紅或深紅的花朵，色彩更鮮豔；紫色藍色的花朵種在斑駁的光影下，更美麗優雅。喜歡在月光下散步，步道邊種夜裡開的香花，心情會更舒暢。希望庭園是親友團聚，慶祝節日的地方，蓋一道矮牆、鋪一小片草坪，多一點可坐的地方；配合城市生活快速的節拍，流動的水聲和溫暖的石頭可以舒解身心。生活忙碌，沒有太多時間打理花園，觀賞草就很適合。能源缺乏，可以種一些耐旱耐乾的植物。有人鋪水泥地代替植物，以為可以省水，事實上對節約能源是背道而行，水泥地吸熱，室內需要更多的電力來冷卻。種些抗旱遮陰的植物，才能省水省電。

現代庭園的趨勢是種多年生草本和觀賞草及野花。撒播不同野花的種子，混生在一片綠草中，

改善地球，從自己的花園做起。

高低樹籬，擋風避塵。

或岩石縫裡，顯現出自然風光。混雜不同的種子，多點變化，又在某些部分重複，看起來就有連貫性，中間再穿插不同的高度，突顯出特性。視覺上，多數結構性的植物，填充少數次要的植物，感覺比較豐富。

一年四季農事忙，春耕夏耘，秋收冬藏。園林工作跟著時序走，一年到頭都有得忙，也在不同季節享受不同的喜悅。哲學家說，「園丁種完植物可以退出了，大自然的手會做最後的修飾。」但願如此！

在園裡工作，各種工具是必要的。修剪枝葉花朵樹籬的剪刀、鐵鍬、鋤頭、鏟子、耙子、噴壺、叉子、水管、手套、梯子，都是必需品。工欲善其事，必先利其器，就像有些人總覺得少了一件衣服，我常常要購買各種工具，總是缺了一項。為了鬆軟土地，幫助空氣流通，促進草根生長，腳踩釘鞋踏來踏去，像穿著高跟鞋走在伸展台一樣。

要改善土壤，控制野草滋生，木屑、松針和落葉都很理想。秋冬落葉喬木樹葉凋落，用吹葉機把落葉吹到灌木叢裡，在冬天的雨水下慢慢腐化，當中的黴菌、細菌把土壤變成肥沃的腐殖土，還能保存濕度，度過乾旱季節。另一部分的落葉收集起來，在烈日下曬乾，再用碎葉機打碎，是最好的天然肥料。

植物自我繁殖的能力超出想像，園裡不請自來的植物很多。種了三棵加州胡椒樹，目前多出了十棵，都是風吹或鳥獸帶來的種子。山坡上數棵高大的松樹，可能是鄰居家的松子經過動物搬運，在園裡落地生根成長；白楊樹單木已成林；紫藤從個位數，至今超過三十株。仙人掌從東一叢西一簇，到萬里長城；噴泉草最奇妙，不知何時，自我生長在門外的街邊，長得整齊劃一，成為一長排。橡樹非常珍貴，是鳥兒從附近帶橡實回來長成的。無花果美味可口，野樹結的果比自己種的虎紋無花果還多。冬青樹結著紅色漿果，增添冬天美景。開著粉紅花朵的檉柳，淺藍花朵的加州丁香，紫色碎花的墨西哥鼠尾草，白色小花的鳶尾花，漏斗形紅花的觀音蘭，開得熱熱鬧鬧，還有石縫中青翠的蘚苔，滿山遍野的薄荷草，全都是自我繁殖而來。

蝸牛啃樹葉、水果、蔬菜，看到一個個破洞，讓人恨得牙癢癢。想到牠們需要吃含鈣的植物來養殼，而孵卵的鳥兒又得尋找蝸牛當食糧，鳥媽媽得靠鈣來製造蛋殼。就讓鳥兒來處理蝸牛吧！自然界一物剋一物，又一物養一物。蝴蝶蜜蜂傳播花粉，期盼牠們家族興旺，已經常駐於此和我們共享園林。

人類在計劃居住範圍時，應該考慮野生動物和昆蟲。我們奪走牠們太多的食物、居所和窩巢，不要等到牠們絕跡，才明瞭已經犯下無可挽回的錯誤。尊敬所有的生命，保持親密的關係，是我們應該學習的功課。

大多數人都嚮往田園生活，對接近自然充滿了憧憬。於是有旅行冒險、野地露宿、漫步冥想、登山健行的活動，甚至歸隱山林。三千多年前的《詩經》上寫著，「野有蔓草，零露漙兮」，「風雨淒淒，雞鳴喈喈」，「蒹葭蒼蒼，白露為霜，所謂依人，在水一方」，都是耳熟能詳的句子。詩人當中，東晉時期的陶淵明，唐朝的王維，寄情於山水田園。陶淵明採菊東籬下，悠然見南山，完全融入村民生活，文中的桃花源，如人間天堂，是世人心中的樂土。

西方有許多文學家也愛歌頌自然。歐洲的濟慈、華滋華斯、歌德，美國的惠特曼、梭羅、繆爾，追尋自然，嚮往曠野，關懷大地。華滋華斯的一句名言可以代表，「請來沐浴在這造物者的恩澤，讓大自然當你的導師。」

無需跋山涉水，翻山越嶺，只要走出去，認識一棵樹也好，欣賞一朵花也好。天空原野、山石草木，都有情有意，帶給人寧靜平和。走進大自然，聆聽大自然的聲音，學習到的絕對是無窮無盡。套一句李清照的詞，「山光水色與人親，說不盡，無窮好。」

園藝工作者要具備熱情。

工欲善其事，必先利其器。

那些年，爸爸教我種的花

兒子看我整天在庭園工作，有空就會來陪伴，修花剪枝，爬上高坡，跳進水塘，搬石頭，砍雜木，分攤粗重的活兒，減輕我的負擔。他邊做，邊問東問西，植物的名稱，培養的方法，從陽光、空氣、水、土壤、肥料、種子，問到生長的季節，開花結果的月分，還給一些建議，怎麼耕耘才更有效率，怎麼思考才更科學化。最重要的是，一再提醒，不要老是忙碌地做、做、做，要停下來，慢下來，坐在樹下，深深呼吸新鮮空氣，聽風聲、鳥鳴、蛙叫，看蝴蝶飛舞，蜜蜂採蜜，讀本書，畫張畫，聞花香，吃果子，慢慢地、靜靜地享受庭園樂趣。

這些話，似曾聽過。耳邊彷彿傳來爸爸的叮嚀，「女兒啊，不要一直在那裡拼命唸書，出來看看這朵花開得好美喔！」

兒子看我不出聲，又問了：「媽，妳從什麼時候愛上園藝的，誰教妳的？」

回想童年最初的記憶，外婆常說，「妳爸爸最愛種東種西，下班回家，西裝一脫，就往後院跑。以前住在花蓮，園子大，他種了好多荷蘭豆。一排一排，整整齊齊，好大一片豆田。妳媽媽就在旁邊，給豆株插上撐架，讓豆子的枝蔓站好，不會倒下，忙得不得了！他還會批評插得不夠直，哼！不過那些豆莢還真好吃！」聽起來她是心疼女兒在田園操作，又引以為傲。

荷蘭豆是我學到的第一種植物的名稱。上學後，知道荷蘭豆和豌豆不同，豌豆皮比較厚，豆粒飽滿渾圓，要剝去豆莢，吃裡面的青豆仁。荷蘭豆有扁平的豆莢，皮比較薄，豆子顆粒很小，連豆莢一起食用。

不曾到過花蓮的舊家，不知道花園有多大，豆田有多廣。想像中，一片紫色、粉紅色和白色的荷蘭豆花，在冬季的晨光中，像蝴蝶一樣翩翩飛揚，嫩綠的豆苗攀援在支架上。爸媽一起種豆，一起收成。

小時候，台北的家在瑠公圳旁，庭園也不小。記得和姊姊蹲在地上玩一些果實，橢圓形、小小的綠色果子，我們拿來辦家家酒。爸爸從屋裡出來看到，指著園裡高大筆直的樹，告訴我們，那是檳榔樹，綠色的果實就是樹上掉下的檳榔子。

檳榔樹是我學到的第一種樹名。台灣路邊攤賣的是檳榔的果實「菁仔」，拿來像口香糖一樣地嚼咬。

爸爸看我們玩得開心，童心大作，也蹲下來一起玩。花園裡長了一些高高的草，他拔下來，搓成長長的一條條，我們各拿一條，兩人交叉拉扯，誰的草先斷，誰就輸了。大人小孩鬥得嘻笑不停。玩瘋了，爸爸順手摘下圍牆邊的一些草，叫我們嚐嚐看。酸溜溜的，我不喜歡。

他說那是酢漿草，也是我第一次吃從地上拔起來的草，當然不敢告訴媽媽。

鬥草是我們小時候常玩的遊戲。後來讀唐詩，讀到白居易的〈觀兒戲〉，才知道一千兩百多年前的兒童已經在玩鬥草。詩的前面幾句是：「髫齔七八歲，綺紈三四兒。弄塵復鬥草，盡日樂嬉嬉。」三四個七八歲的小孩，整天開心地玩鬥草，快樂嬉戲，無憂無慮，就像當年的我。

爸爸起床後的第一件事就是唱歌，老是唱同一首歌〈送別〉。弘一大師李叔同作的詞，「長亭外，古道邊，芳草碧連天。晚風拂柳笛聲殘，夕陽山外山。……」我們四個孩子都背得滾瓜爛熟，而我一心嚮往的是歌詞裡的連天芳草，飄拂垂柳。住在城市的我們，沒有草地和楊柳，一聽到這首歌，浮現在腦海裡的，是一條蒼茫的古道，兩旁長滿了茂密的碧綠芳草，蔓延到遙遠的天邊，依依楊柳枝在晚風中輕輕拂動。年少的我不能體會與知己離別，各自天涯的感傷，只覺得芳草和垂柳是很美麗的風景。

後來的家院子較小，爸爸在那塊小小的院落種滿了植物。記憶中，推開靠街的紅木門進來，是一條小石子路，右邊放了一個籠子，養了一隻白色的大公雞。牠的脾氣非常兇悍火爆，走過籠前，一定衝過來啄人，有很強烈的攻擊性。我被狠狠地啄過幾次後，就墊著腳尖，輕輕走過。小路左邊有一塊小天地，爸爸公餘時間就在那裡蒔花養草。

孩子當中，我最愛跟著當園藝幫手，挪挪花盆，遞遞工具，澆水鏟土，修剪莖葉，問這問那。我們種過的植物很多，當年在花市苗圃看到喜歡的，爸爸就興沖沖地買回來，他還常說一句名言，「愛花的人不作壞事。」也不知道出自什麼典故。他的解釋是，一個人能陶冶在美的氣氛中，粗俗的意念都會消失，就不想去作惡了。聽起來，我們種花有理。他還說，「花有婀娜的形態，芬芳的香味，悅目的色彩和好聽的名稱。」細數當年我們種過的花，仙丹、雞冠、日日春、茉莉、含笑、梔子、桂花、七里香、萬壽菊、美人蕉、龍吐珠、杜鵑花、牽牛花、圓仔花、朱槿、四季海棠、鳳仙花、一串紅、布袋蓮……，都姿態曼妙，芳香襲人，名字也悅耳動聽，除了牽牛、圓仔和布袋比

樹下畫畫，享受庭園樂趣。

較鄉土味。不過牽牛花又名朝顏，圓仔花又名千日紅，布袋蓮又叫鳳眼蓮，一個優雅，一個吉利，一個神清氣秀，名字還是不錯。

爸爸常說，愛花和賞花是很好的修養，各種花卉都有它的價值和優點，沒有貴賤之分，不必特別選購奇花異卉，也不需要跟著人家爭奇鬥妍。

爸爸會說，我們來挑適合氣候，易養易種的花卉，只要是妳親自培植，就值得高興了。他教我怎麼播種，怎麼扦插，怎麼分辨泥土是砂土、黏土還是壤土。當年沒有自動噴水的系統，他教我怎麼用噴壺澆水。同樣的話，我現在一再囑咐兒子：「澆水時，看見水從盆底流出來就停止，也不可以在盆土表面稍微澆一下就算了，否則花草不是根爛掉，就是乾枯死。」

那個年頭，爸爸已經灌輸我用有機肥料的概念。我們用枯枝落葉、果皮、魚骨、爛菜和那隻大公雞的雞糞，雜拌腐化發酵，做成肥料。喝剩的茶汁、雞蛋殼、淘米水、煮麵水，都拿來廢物利用。少用化學肥料，更不用殺蟲劑。他說，「用得不對，蟲死、花枯、人中毒！」現在回想起來，句句珠璣，是我一直遵守的原則。

那麼蟲害怎麼辦呢？爸爸說，「清晨和深夜是蟲類出襲花卉的時候，這時，妳就要在嫩葉底、新芽下、花蕊邊，用人工方法捉蟲，花兒是妳種的，妳應該費心去保護它。」我不記得是否曾經這麼勤快，早起晚睡去抓蟲。

爸爸邊種花，邊教我唸詩，春天的早晨，我們唸唐朝孟浩然的詩：「春眠不覺曉，處處聞啼鳥；夜來風雨聲，花落知多少？」他說，妳看，詩人是多麼愛花、惜花、憐花啊。我們也唸宋代詩人程灝的詩，「雲淡風輕近午天，傍花隨柳過前川；時人不識余心樂，將謂偷閒學少年。」唸到此處，可以感受到他跟著詩人走過花叢，傍著柳樹，散步到小河邊，心裡有說不出的快樂，又怕別人不了解，以為是學少年郎在遊蕩。

歲暮新春，爸爸告訴我們兩種冬天的花——梅花和水仙花。他說，在冰冷的冬天，霜雪飄飛，開出清香淡麗花朵的梅花，象徵我們堅毅的民族性。爸爸大力提倡在公園栽種梅花，也呼籲苗圃培育梅花。他會吟一段唐朝林和靖的詩，唸到：「疏影橫斜水清淺，暗香浮動月黃昏。」非常陶醉的樣子。他如果知道，現在我們的園裡已經栽種了數十棵梅花，一定非常高興。假如他看見棲息在梅樹上的喜鵲，會點頭讚許地說，「嗯，不錯！喜上眉梢啊！」

水仙花是我們春節重要的擺設。大年夜，爸爸將怒放的水仙花，擺進精美的花器裡，吉祥喜氣，接著講一段水仙花的神話故事，勉勵我們幫助需要的人。到如今，兒子已經成人，每到過年，還會聽我講這個故事。

水仙花的原產地是福建漳州，爸爸出生的地方。他稱它為「花中閨秀」，銀白色的花冠裡是金黃色的副冠，叫做「金盞銀台」，淡雅清新，芳香四溢。現在我們園裡，有洋水仙和中國水仙的球根，相信爸爸看到這片水仙花海，一定笑得合不攏嘴。

爸爸還養了很多蘭花，需要清潔葉片上的灰塵，幫助蘭花呼吸生長，促進光合作用。這個任務就交給妹妹。她很負責地用噴霧器，一片片清洗，讓髒水流下來。她悄悄地告訴我，做得好，爸爸會多給一點零用錢。

中學時，我和好友經常逛植物園，也會到野地摘些花草，做成標本。爸爸生怕我們亂摘，採到有毒的植物，一再囑咐：「不要去碰夾竹桃，枝莖葉都有毒，不要看曼陀羅花美麗，連觸摸都危險，別去摘魯冰花、毛地黃、百合花、風信子，通通都是美麗又有毒的植物。」我就回他一句，「觀賞就好，不會碰觸食用！」

一直到了上大學，和同學到溪頭旅遊，才嚐到苦頭。幾個女孩在竹林閒逛，訪大學池，欣賞銀杏樹。我忽然瞥見一個小標誌，標示植物的名稱，寫著：「咬人貓」，還寫著咬人貓有刺，不要採摘。從來沒有聽過這個名字，在那沒有手機沒有谷歌的年代，又缺乏盜取公物的概念，興沖沖地摘下附近一片厚厚的姑婆芋，好奇地隔著厚葉去摘咬人貓。接下來悽厲的慘叫聲一定嚇壞了整個溪頭森林的遊客。

那種疼痛像火灼，像刀割，像針扎。我飛奔回學生宿舍，抱著疼痛的手在水龍頭下不停地沖洗。眼淚直流，遊興全無，第二天疼痛才緩解。心想爸爸一定沒有看過咬人貓，帶一片回家給他看。我又回到森林，小心謹慎，層層保護地挖了一小株，用塑膠袋裝著帶回家。爸爸也不認識咬人貓，父女倆在院子的一個角落把它種下，潮濕陰暗的牆角很適合它生長，長到八十公分高。

後來才知道，咬人貓就是蕁麻，多分布在山區濕林下，莖葉都有尖銳的焮毛，若碰觸到，疼痛難耐。到山林間行走最好不要誤觸，更不要亂採。當時用姑婆芋保護手也不對，它全株都有毒，皮膚碰到汁液會紅腫發癢。

爸爸曾在「小讀者」雜誌開闢一個專欄「老花農教種花」。那些年，爸爸教我種花養草的點點

疏影橫斜，暗香浮動。

一片青翠的豆田。

美麗的杜鵑花，開在山坡上。

滴滴，都付諸文字，老花農是爸爸的筆名。他寫過〈美麗的杜鵑花〉、〈送給媽媽一束康乃馨〉、〈賞春花，播夏花〉等。我們種過的花，他都在文章裡描述，如何栽植，如何欣賞，配合這些花卉的歷史、由來、故事，加上詩人雅士的經典傳說，非常生動有趣。他鼓勵小朋友，要怎麼收穫，先怎麼栽，還教他們用家裡現有的藝品搭配植物，增添美感。當時，許多小讀者會寫信問他問題，他都開心地解答。

我結婚時，爸爸親自去挑選了四盆植物送給我們。他說，兩盆玫瑰象徵高貴的愛情，兩盆石榴代表「榴開生籽，多子多孫」，都是吉祥的祝福，也代表父母的一片愛心。

婚後來美，正值秋天，爸爸說，寄家信時，附上一片楓葉，好久沒看到楓樹了。他想念他少年成長的地方，風景如畫，風情萬種的鼓浪嶼。

兒女都長大離家，爸爸收養了一隻杜賓犬。爸爸是夜貓子，深夜去遛狗，來信說，這隻狗兒喜歡夜來香，經過就停下來聞個不停。可以想像一個老人與狗的畫面，還是一隻愛聞花香的狗兒。

兒子沒有見過外公，他問，「阿公看見我們的花園，會怎麼說？」

我似乎聽到爸爸說，「園藝帶給你最大的報酬就是心靈的和諧和寧靜，生活在大自然當中就是最大的幸福。」

公孫不老樹

秋冬之交，天氣惱人，陰晴不定。感恩節前一天，焚風撲面，蒲草零亂，風急雲飛。簷下風鈴急響，遠處群犬狂吠，窗隙發出低沈的嗚咽聲，胡椒樹垂下的枝條急速晃動，一夜狂風，吹得戶外擺設東倒西歪。我一心掛念的是銀杏葉在勁風席捲下，是否安好？

家園植有二十株銀杏樹，屋前這棵，傲然特立，長得最俊逸，給庭園增添了幾許超塵脫俗的意味。時序入秋，銀杏葉從夏天的翠綠到半綠半黃，接著多數轉成淺黃，跟著是魅力獨特，燦爛奪目的金黃。站在樹下，看著冬陽從背後照射過來，爆裂出金色的光輝；正午的陽光從樹梢頭照下，葉片發出閃閃發亮的杏黃色彩；夕陽漸弱的薄暮時分，樹葉變成模模糊糊的芥末黃混著棕黃。一樹蒲扇形的銀杏葉令人迷戀，日落獨飛的一隻失群鳥，也被吸引過來，棲在枝頭，聲聲呼喚伙伴。

節氣到了「大雪」，南加州不下雪，畢竟是長日已盡，涼意襲人的冬季。銀杏金黃的落葉在空中旋轉飛舞，像一隻隻黃色的蝴蝶，撲著翅膀，鋪天蓋地似地翩翩落下。樹下的草地布滿一層層落葉，在風中翻滾，淡黃、淺金、微褐、深棕，遠遠望去是一整片明暗、深淺、濃淡、強弱不一的黃色地毯。看到此景，恨不得在這金碧輝煌的毯子上翻個跟斗。

這時，宋朝詩人葛紹體的詩句不禁脫口而出，「滿地翻黃銀杏葉，忽驚天地告成功。」日子一點一點地流逝，不知不覺，天地已經完成了一件美麗壯觀的作品。時光荏苒，等閒日月任西東，春

風急雲飛，心掛銀杏。

夏已無影蹤，季節轉換成最後的秋冬。乾坤變了顏色，絢麗的金黃銀杏葉鋪蓋大地，大自然辛勞了一年，終於有成就，大功告成了！英文中的 Grand Finale 大概就是這樣了，像戲劇高潮的結局，如音樂華麗的終曲。

喜愛銀杏的歲月已久。剛進大學時，一群新鮮人往台灣溪頭跑，都是慕名銀杏森林而來。在此之前，沒有人見過銀杏，一看到本尊面目，高興地大呼小叫，在上百株銀杏林內繞來繞去。銀杏生長較慢，當年看到的樹齡大約不到半百，樹幹通直光潔，憑那架勢就知道將來是高大雄壯的嘉木美樹，可以預見一樹擎天的氣派。夏日的午後，幾個女孩小心翼翼地各撿起片片翠綠的銀杏葉，夾在書本裡帶回家，心裡充滿了對未來的憧憬。

小巧玲瓏的扇形葉片，中央有一道縫隙，把葉子對稱地分裂為二，到了葉柄處又合二為一，這種獨一無二的造形，非常奇特又優美。一八一五年，德國詩人也是哲學家的歌德首次見到銀杏，驚豔之下，深深愛上銀杏葉。他寫了一首浪漫的情詩〈銀杏〉，贈送給情人，紙上還貼了兩片銀杏葉，表達自己的情意。詩裡提到，銀杏葉給你一個祕密的啟示，它是在自己的體內一分為二，還是兩個生命合在一起。這個「一分為二」和「合二為一」的哲理涵義，令人深思。詩中「我是我，也是你和我」，又顯示出詩人的滿腔熱情。德國威瑪古城有一間銀杏博物館，德國人稱銀杏樹為歌德樹，紀念這段愛情故事。

我們知道銀杏樹長得緩慢，栽種的都是大約十歲左右的良種壯苗。它是雌雄異株的落葉喬木，土壤中性微酸，通風濕潤，陽光充足就可以。耐旱抗乾，忍受污染，還能淨化空氣，很適合栽種成行道樹。幾乎沒有病蟲害，不受病菌感染。如果生長環境長期高溫燥熱，它也會出現「假死」的現象。樹葉乾捲枯萎落下，減少水分蒸發，並且停止生長。家園裡有一棵就是如此，只好挖出來，換個位置重新種下，希望它能復甦，重新萌芽，不再裝死。一般栽種銀杏樹，最好在十月到十一月間，比較容易適應天候。

銀杏樹屬於裸子植物，相較於被子植物會開花結果，裸子植物沒有果實這個構造。銀杏沒有果子，而有種子。它的種子赤裸裸地著生在一根長柄上，形狀像小號的杏子，色白如銀，叫做「白果」。記載園圃的古書寫著，銀杏「公植而孫得食」，一個人栽種下銀杏樹，要等他變成了爺爺，他的孫子才能吃到銀杏樹結的白果。所以銀杏又名「公孫樹」。一般銀杏大約四十年以後才能大量結白果。

白果味道香甜，佐膳煮粥煲湯，滋味極佳。營養豐富，可以袪痰止咳，延緩衰老。新鮮白果從樹上剛剛採摘下來，有一股強烈的臭味。我們再三思量，一來要到白髮蒼蒼才等得到結白果，二來不想聞臭味，確定種的是雄株銀杏，不結白果。

南宋詩人陸游是美食家，又有雅興。冬夜友人來訪，青燈下燃爐烹茶，聽窗外雪落，談笑風生。他置辦了什麼待客呢？「猶能烹鴨腳」。如果以為詩人和朋友在啃滷鴨腳，那麼誤會可就大了。

銀杏樹葉頂端有個缺口，看起來就像鴨子的蹼掌，古人就叫它「鴨腳樹」。烹鴨腳就是烤白果。

滿地翻黃銀杏葉。

銀杏葉是一分為二或是合二為一？

另一位詩人楊萬里也懂得養生之道，他把白果深埋在炭灰中，用文火稍微炙烤一下，小苦微甘，味道最好，他說，「未必雞頭如鴨腳，不妨銀杏作金桃。」看來這些詩人都很會享受生活。

銀杏出現在地球上，最遠可以追溯到二億七千萬年前，可能比恐龍活躍在地球的時代還早。銀杏是唯一現存的物種，和它同門的其他所有物種都已經滅絕，它仍然繁衍至今，所以被稱為植物界的活化石。一億五千萬年前的侏羅紀，是它的全盛期，遍布全地球，直到七百萬年前冰河時期，中歐和北美等地的銀杏全部絕跡，只有在中國華中地區存活了一種。現在世界各地的銀杏就是從中國傳出去的，包括一千三百年前唐朝的鑒真老和尚把銀杏種子帶到日本，廣為種植。如今東京街頭的行道樹多是銀杏，明治神宮外苑的銀杏大道，更帶來迷人的秋色。

到了日本的銀杏樹經歷過兩大考驗。一九二三年關東七．九級大地震，大火摧毀了很多建築，也燒掉了所有的樹木。幾個月以後，人們驚訝地發現，銀杏樹幹外表被燒焦，但內在的細胞還活著，終究還是浴火重生，奇蹟似地存活下來了。

同樣地，一九四五年，廣島原子彈爆炸，周圍的建築物夷為平地，植物都被毀滅。銀杏樹在方圓之內。當時是八月，銀杏葉一片青綠，爆炸的那一瞬間，火焰光芒巨響，枝幹燒毀，葉子全光，主幹焦灼。銀杏有驚人的能量和細胞纖維，深根蟠結，從地底吸取養分，分布全樹。第二年春天，幾棵銀杏樹又破土而出，開枝展葉，巍然屹立，生機再現。原子彈之父奧本海默可能也沒有預料到，銀杏在各種困境、巨大的壓力威脅，甚至強烈的輻射下，還是頂天立地生存下來。它強烈的生命力量，蓬勃旺盛，無與倫比。日本人稱銀杏為長壽樹，一方面是因為它在正常情況下可以活到一

日本東京小巷內的銀杏已成金黃。

千歲以上，另一方面是它經得起千錘百鍊，有無比的耐力、活力和生命力。

為什麼銀杏樹會如此長壽？歲月無情，一路走來，凡是生物都會老化。科學研究，銀杏在生長過程中會產生抗氧化劑、抗菌劑、抗乾旱和抗壓力的物質，更神奇的是它的基因中沒有老化的自然程序，絕不會知道老之將至，就算樹齡增長，抗病抗菌能力也不會下降。對於銀杏而言，不老絕非傳奇。

古代詩人也認知到銀杏的長生不老，詩中說，「五百年間城郭改，空留鴨腳伴瓊花。」一時光流逝，事事全非，銀杏還世世代代存活在那裡，不知已經是幾代同堂了。中國境內有很多千年以上的銀杏古樹，最老的一株在山東莒縣，高齡五千歲。

喜歡銀杏樹的親友不少。一到秋天，就聽說各種拜訪銀杏的計劃。有人要去銀杏之鄉，有人要看銀杏王國，有人想走銀杏大道，有人想踏上銀杏長廊，有的策劃攀爬銀杏山谷，有的安排拍攝銀杏古樹。菩提樹是佛教最重要的樹，只生長在熱帶地區，中國的古剎寺廟用銀杏代之，稱為聖樹，也是吸引遊客的景點。在這樹樹秋聲，山山寒色的季節，拜訪野生奇特的古銀杏群落，絕對是美妙的旅程。

我們不可能逐一探訪，只有自我安慰，手植銀杏漸高大，又何必出門賞金黃。

金秋白楊

前有美景，我舉步前行；
後有山色，我舉步前行；
上有晴空，我舉步前行；
下有小草，我舉步前行；
環顧四周，風光旖旎。
出門走走，一切煩憂拋諸腦後。
春去秋來，四季交替；
微風輕拂，輕鬆如昔。
直到地老天荒，
踏上崎嶇小徑，
快樂地舉步前行。

每當走在池塘邊彎彎的小路，我總愛在心中默念這首美洲納瓦霍原住民族的祈禱文。

順著山勢地形，池塘位於家園的低窪處。三面山坡，池塘連結的是蜿蜒小步道，也是每天徘徊

踏上彎彎小路，舉步前行。

留連的地方。來回走走看看，或坐在石凳上，聆聽大自然的各種聲音，欣賞每一朵小野花，逗逗不時出沒的蜥蜴，聞聞青草和泥土的味道，享受季節變遷的微妙。

一汪小池的周邊有四、五十棵白楊樹環繞，一年四季色彩和形態的轉換，令人讚嘆不已。現在正是橙黃橘綠，樹樹皆秋色，山山唯落暉的季節。層層金黃的秋色染在法國梧桐、楓、銀杏的樹葉上，遠處夕陽餘暉灑滿了蕭颯的重重秋山。數樹深紅出淺黃，黃燦燦的白楊樹林，伴著紅紅火火的楓葉，正式登上絢麗的秋之舞台。

不像松柏，盤虬臥龍，終年長青；不似柳樹，枝葉婆娑，綽約多姿。傲然挺立的一排白楊樹，春夏之初，嫩葉翠綠，秋冬之際，轉為杏黃，寒冬來臨，枯褐乾葉鋪滿地面。落葉喬木，四季分明，變化多端。

白楊樹是楊柳科楊屬植物。英文裡Poplar、Aspen、Cottonwood翻譯成中文，都叫做白楊。它們屬於同一個家族，大多生長在北半球，中國西北地區很普遍。喜光耐旱，抗寒又耐熱，荒漠沙岸、輕鹼土壤，都能生長得很好。Poplar大約有將近三十個品種，家園種的是倫巴第白楊（Lombardy Poplar），也稱做義大利白楊。

不同品種的白楊樹，樹幹顏色各異，有的白，有的灰，有的黑，園中的白楊樹幹是深褐近黑色，也叫做「黑白楊」。樹葉顏色有的淺綠，有的深綠，還有白色的。葉形有的細長橢圓，有的底部圓、前端尖，有的三角形，有的有鋸齒狀，五花八門。我們的是前端稍尖的心形，邊緣有微齒狀。白楊木一根根圓柱狀的樹幹，表皮粗糙，瘦瘦高高，筆直地伸向天際，可以高達一百呎以上，

倫巴第白楊，春夏翠綠。

無邊落木蕭蕭下。

寬度也將近十呎。細小枝椏一束束地緊緊靠著主幹向上生長，沒有旁逸橫斜，也不向外發展，整齊劃一，偉岸俊俏。

有的白楊木會開花，一串串紅色或淺綠淡黃的小花朵。倫巴第白楊春天會開細小極不顯眼的小花，談不上觀賞用，也沒人注意。有些楊樹到了春天，雌花有白色絮狀絨毛，會攜帶著種子漫天飛散，傳播繁衍下一代。四月飄雪，非常浪漫，卻造成許多人過敏的困擾。幸好倫巴第白楊沒有這個問題。

選擇種白楊樹，是喜歡它的色彩變化，和美麗外形。十多株沿著街邊種下，前面是一排日本女貞樹籬。很快地，已經高過樹籬，成為第二道樹牆，嚴嚴密密，保護隱私，也是擋風固土的綠牆。

陸陸續續，池塘附近已形成一片白楊樹林。剛開始，會鋸下主幹側生的枝幹，直接往地下一插，數個月後，新芽萌生，又多了活生生的一株新樹。樹易長易活，速度又快，地底的根也東竄西藏。不知何時，這邊多了一棵樹，那邊又新添了一株苗。稍不留意，驚奇連連。才從土裡露出不盈一握的細枝，數日後已是有模有樣的小樹。幸好離房屋車道都有一段距離，不會傷害地基，掀開水泥。後來就時時小心，連根拔除不請自來的小樹苗，維持一定的數量。經常還會看到從石頭縫隙中鑽出一棵小白楊；樹被砍伐後，樹樁堅強地活下來；甚至延展到幾十公尺外，從庭園的另一端冒出來，頑強的生命力總會讓它努力找到出路。

胡楊樹是生命力強大的一種楊樹，大多生長在中國新疆南部，河西走廊一帶，是世界上最古老的一種楊樹，六千多萬年前就在地球上生存。最初是長在地中海附近，也稱做幼發拉底楊樹。「生而不死一千年，死而不倒一千年，倒而不朽一千年。」指的正是這種能耐乾旱和惡劣環境的「大漠英雄樹」。

坐在林中，聽白楊木的聲音，是風起時的一場音樂會。一陣風過，樹葉磨擦。微風時，低聲細語；風稍強，沙沙作響；風更大，簌簌嘩嘩。如同白居易的〈琵琶行〉：「大弦嘈嘈如急雨，小弦切切如私語。」那種不同頻率的響動聲，相當震撼又欣喜若狂的節奏，扣人心弦。

一群走鵲住在白楊樹林裡，靜看牠們活動是非常有趣的一幕。忽然集體從高處飛下，走幾步停下來，長尾巴上上下下擺動數下，又走幾步，停止，低頭找蟲蟲，再抬起頭，走幾步，停下來，搖尾巴，動作重覆，節拍統一。這時，正好白楊樹的黃葉紛紛飄落，感覺這無邊落木蕭蕭下的情境，正是牠們團體舞安排好的布景。接下來，一轟而散，團體舞結束。

法國印象派大師莫內在居所吉維尼附近散步，看到一排白楊樹沿著艾普特河岸生長，雄偉華麗，整齊壯觀。他被這景象深深吸引住了，迫不及待地執筆開始畫白楊樹。從一八九一年夏天到秋天，總共畫了二十四幅白楊樹系列的油畫。他划著一艘小船，帶著畫具，在船上畫出這些作品。為了抓住稍縱即逝的光影和色彩，有時必須在七分鐘內完成一幅畫。

在紐約大都會藝術博物館和倫敦泰特現代藝術館，都看過莫內的白楊樹油畫。那幅〈四棵白楊樹〉，看不見樹梢，讓人想像樹高到雲霄。緊貼樹幹的稀疏樹葉，更突顯出瘦長高聳的枝幹。一片濃綠沼澤灌木把畫面分成上下兩段，河面的倒影和岸上的樹連成一線。四棵整齊排列的白楊樹和倒影縱切畫面成五塊，背後的樹林是粉紅帶金的色調，清新純淨又帶有幻彩色澤。

勁拔堅毅，無畏無懼。

這二十多幅白楊樹系列，有的主題是三、四或七株，有的是一整排，有的是在日出時，有的是在豔陽下，有的在大風吹時倒向一邊，有的在藍天白雲下直直站立。白楊樹在莫內的畫中令人喜愛難忘。

白楊木的材質比較細軟，一般拿來做建築用的膠合板，也可以製漿造紙。古羅馬和古希臘戰士用的盾牌是用白楊木做的。巴黎羅浮宮珍藏，達文西畫的〈蒙娜麗莎〉，就是直接畫在白楊木板上。

中國古代詩詞裡描繪的白楊樹，印象中不外：蕭瑟、悲悽、肅穆、荒涼、蒼茫、孤寂。像是「白楊多悲風，蕭蕭愁煞人」，又如「古情不盡東流水，此地悲風愁白楊」，還有「荒草何茫茫，白楊亦蕭蕭」。相當頹喪傷感，充滿悲鳴之音。鏡頭一轉，到了「大漠孤煙直，長河落日圓」的邊境之地。開闊的曠野中，除了孤煙和落日，只有白楊木在浩瀚無邊的沙漠中挺立，勁拔堅毅，無畏無懼。

在我的眼裡，白楊是美麗的樹，充滿生命力，活得有聲有色，令人讚美又佩服的樹。它們守重持靜，仰望著天空，朝陽夕照下，一季又一季，本分地守護著家園。

林中之王，橡樹

設計庭園，外子夢想著，驅車返家時，車子從街道駛進來，迎接的是兩排雄偉壯麗、綠枝低垂的老橡樹。我笑他，電影看多了，把《亂世佳人》的場景搬到家裡來。

的確，瑪格麗特．密契爾（Margaret Mitchell）著名的小說《飄》（Gone with the Wind）拍成的電影《亂世佳人》，最令人印象深刻的就是橡樹。故事的背景發生在美國南方喬治亞州，拍攝現場在南卡羅萊州查爾斯頓的「十二橡樹園」。莊園裡的橡樹大道有一哩長，兩旁是三百五十歲以上、蒼茫無際的老橡樹。樹大葉密，涼蔭遮徑，古木參天垂地，枝椏縱橫交錯，張牙舞爪地向四面八方伸展。氣勢宏偉的兩排橡樹，迎接賓客進入莊園的大宅第。

橡樹，英文俗稱Oak，學名是拉丁文Quercus，意思是美麗的樹。它是美國國樹，全美五十州除了阿拉斯加，都有它的蹤影。它屬於殼斗科，山毛櫸家族，大約有五百個品種，主要分為白橡樹和紅橡樹兩大類，多數分布在北半球。

橡樹家族在六千五百萬年前就出現在地球上，也是最長壽的樹種之一。在橡樹族群裡，可能要達到七百歲的高壽才有資格倚老賣老。目前美西，也許是全世界，最老的一棵橡樹叫做Pechanga Great Oak，高齡已近兩千歲，就在離洛杉磯不遠的印第安保留區裡。它是海岸常青橡樹（Coast Live Oak）的一種，歸屬於紅橡樹這大類。

這棵偉岸的大橡樹，老而彌堅，是美國西岸體積最巨大的橡樹之一，樹幹直徑有二十呎，樹身從地面量起，約有一百呎高，一棵樹的範圍就像一個小森林。這棵老橡樹有剛勁的氣概，威嚴崇高地矗立著，條條枝幹彎曲多結，低垂到地面，分擔支撐它的重量。每隔兩、三年，老橡樹開花結果，長出橡實。部落裡的小孩會去撿樹下發芽的橡實，培養在盆裡，冒出細樹根後，再種回土地裡，又長成一棵小橡樹，在自然界裡永續不斷。這棵大橡樹象徵族人的特色：強壯、智慧、長壽、耐力和決心。

橡樹是世界上最大的開花植物。春天開花，非常微小，幾乎很難注意到。雌雄同株但是異花，雄花黃中帶綠，雌花綠中帶紅，靠風力傳播花粉，結的果就是橡實。海岸常青橡樹開花後，過了七、八個月就結果。果實大約是二至三．五公分長，一至一．五公分寬，一端微尖的圓錐體，從綠色漸漸轉為紅褐色，上端有一頂灰褐色的小帽子扣蓋住，可愛迷人。

南加州常見的橡樹有兩種，一種是秋冬會落葉的山谷橡樹（Valley Oak），另一種是四季常綠的常青橡樹（Live Oak）。橡樹深深融入美國人的歷史和生活，街道城市很多以它為名。

住家附近有一條彎曲山徑，叫做 Live Oak Canyon Road。道路從橡樹林中穿過，旋轉迂迴，忽上忽下、高高低低，大約有六哩長。南北走向各只有一條車道，沒有任何交通訊號，兩邊是高大壯碩的常青橡樹，美得令人屏息。政府規定保護這些多到數不清的老橡樹，枝繁葉茂，生機勃勃，遒勁粗大的樹根深入土裡，緊緊地抓著泥土地，確保它站得堅強穩固。一株接著一株，看似相同，每一棵樹又有它鮮明獨特的姿態。相對兩邊的樹冠連結在一起，好似搭成一條綠色的長廊，在炎炎烈

遮天蔽日的常青橡樹。

歲老根彌壯，陽驕葉更陰。

日下，開車經過，擋掉熱浪，頓覺清涼。正如唐朝詩聖杜甫寫的，「歲老根彌壯，陽驕葉更陰」。

大樹後面的黃土山陵綿延，稀疏人家隱藏樹林間，其中有登山越野車的小路，健行步道，還有國家公園的露營地。山路的斜坡上，一年有兩、三星期可以看到放牧的牛群，在啃食野草。牠們的特殊任務是吃掉非原生植物，保護本土植被，也養活靠這些植物生存的野生動物。

從家出門，來回一趟約半個小時，就可以欣賞到這些美麗的常青橡樹。路的起點是一家很有特色的墨西哥餐廳，深藏在玫瑰峽谷裡。餐廳門口是一排年代久遠、拴馬韁的木頭拴，也許希望客人不要開車，最好騎著馬兒來用餐。餐廳主人約翰和我們相識多年，偶爾過去坐在戶外的用餐區，古舊木桌椅的四周，是高大挺直的法國梧桐和遮天蔽日的常青橡樹。喝著現調的瑪格麗特雞尾酒，清風微拂，聽樹葉摩擦，風聲鳥鳴，舒適輕鬆。

路的盡頭又是另一家歷史久遠的餐廳「Cook's Corner」，一九二六年就開在這當年鳥不生蛋、山丘環繞的荒郊僻野，供農場工作人員用餐。經過二次世界大戰，美國禁酒令解除後，特別是一九六九年的電影《逍遙騎士》（Easy Rider）上映，兩位男主角騎摩托車從洛杉磯到紐奧良的情節，充滿叛逆、惶惑的存在主義思想，眾人紛紛仿效。一時之間，意興風發的摩托騎士蜂擁而來，各路幫派齊聚在這個看似無法無天的酒館，飛車黨雲集。如今停車場內各種摩托車比比皆是，騎士多為專業人士。常青橡樹峽谷山路上，摩托車風馳電掣，尤其週末，更是呼嘯而過，絡繹不絕。近年來還經常在此舉辦摩托車賽，為慈善籌款。我們在那裡用餐多次，客人也已不拘是摩托騎士。

「讀者文摘」曾經登過一篇文章，內容是一個美國南北戰爭的俘虜，被釋放後，寫信給家鄉女友，他將要回家，不知女友是否還在等他。如果是的話，請在鎮外那棵老橡樹上掛一條黃色手帕。如果她已變心，他看不到黃手帕，就不下車，繼續流浪他鄉。

他不敢獨自面對未知的結果，請驛馬車上的其他乘客替他看。車近小鎮，遠遠的就看到老橡樹的每條枝幹上都綁滿了黃手帕。全車人高呼喊叫，興奮不已。

一九七三年風行全球的一首歌〈老橡樹上的黃絲帶〉（Tie a Yellow Ribbon Round the Ole Oak Tree），就是根源於這個故事，感人淚下，聽者動容。寫歌的 Russell Brown 把黃手帕改成黃絲帶。從此，黃色絲帶象徵期盼未歸人回來。橡樹更是和西方的文化、藝術，牢不可分。

沒有親手在庭園內栽植橡樹，外子念念不忘。幸虧住在園裡的西叢鴉替他圓了美夢。

西叢鴉的身軀中等大小，身長大約三十公分。寶藍色的頭、尾和翅膀，灰褐色的背部，淺灰色的腹部有一圈藍帶，外表迷人，又聰明絕頂。牠們精力旺盛，嗓門響亮，愛玩愛唱愛叫愛鬥，一下子跳，一會兒飛，頭急速轉來轉去，看東看西。牠們春夏吃得清淡，主要是小蟲和水果；秋冬進補，就吃堅果、種子和蜥蜴。

橡樹結橡實的秋季，正好提供西叢鴉主要的糧食。西叢鴉有很高的智商，牠們會兩腳夾住橡實，用硬喙敲打、挖出裡面的果實吃。牠們還知道儲存糧食準備過冬，在周圓五哩路內，找到橡實回家收藏起來，超強的記憶力，清清楚楚記得自己藏橡實的地方。鳥類專家觀察到，每隻西叢鴉一年可以運回家五千到七千個橡實，每個橡實埋藏在一吋深的泥土下。有一半左右會在將來挖出享用，另一半將近三千個橡實吃不完，就留在地底。換句話說，每隻西叢鴉在牠活動範圍內，每年種

常青橡樹，四季常綠。

下三千多棵橡樹。現代人們過度開發土地，各種原生植物都受到威脅，包括橡樹。有了西叢鴉的努力，對於橡樹的生存，功不可沒。

橡實含有豐富的蛋白質、脂肪、碳水化合物、鈣、鎂，美國原住民拿來當糧食，也作榨油烹調。很多動物，松鼠、花栗鼠、田鼠、負鼠、棉尾兔、白尾鹿、浣熊都愛吃。

橡實從樹上成熟落地，掉在樹蔭下，陽光不足，很難自己長成一棵小橡樹。一般鳥類太小，載不動橡實，嚙齒動物又跑不了太遠。西叢鴉可以同時用鳥喙含住、腳趾抓住四、五個橡實，飛到幾哩路外，埋在地底。這就是為什麼橡樹從這裡結果，到那裡生根發芽，處處可見的原因。

托西叢鴉的福，帶回來橡實到我們園裡，我們不費吹灰之力，憑空長出了三棵橡樹，還有幾棵幼苗正在發育。樹若有情，應該感謝西叢鴉，我們更該向牠們道聲謝。小鳥立大功，小小的橡實成就了巨大的橡樹。

這三棵橡樹還算年輕，估計只有十三、四歲，默默生長在園裡爬坡步道的一側。那片荒蕪的山坡長滿野生海岸刺梨、黑鼠尾草、加州蕎麥，沒有開發打理，也不灑水澆灌，一片自然原貌，住著松鼠、田鼠、西叢鴉和其他各種野生動物。有一天爬坡時，突然驚覺到這三棵橡樹從中暴衝出來，已經不甘委屈地處在荒僻的一角，置身於一堆雜木枯枝、荊棘野草當中，正發揮橡樹精神，無畏無懼，在驕陽烈日下、在風雷霹靂中，積極地拼命往上長。

我們決定不讓明珠蒙塵，寄處荒坡，埋沒了它們的天生麗質。今秋終於清理出那片山坡地，總算看到這幾棵樹的廬山真面目。剛健雄渾的樹姿、活力充沛的氣質，都已經顯現出來了，樹下有迷迭香陪襯。南加州天氣乾燥炎熱，陽光充足，海岸氣候正適合它們的需要，又不拘泥土，砂土黏土，酸性鹹性都可以。估計將來會長到五十到八十呎高，樹幹直徑也可達到四呎以上。

海岸常青橡樹的樹幹是灰褐色。葉子和冬青樹很像，深綠色、橢圓形、中間稍拱起，葉緣是鋸齒狀。其他種類橡樹葉的形狀各色各樣，有大有小，有的尖齒狀、有的圓形裂片狀，也有細如柳葉狀。葉子形狀差異大，是進化的過程，也是生態環境造成的。大多數橡樹在秋冬天寒時，葉子落盡，常青橡樹一樹獨碧，沃若潤澤，油亮墨綠。

橡樹有樹中王者的風範，寬廣塔狀的樹冠，濃密繁茂的枝葉，是野生動物安全隱密的棲息所，貓頭鷹、啄木鳥、蜂鳥都愛在橡樹洞裡築巢。毛毛蟲躲在樹葉裡，等待著變成蝴蝶。橡實養育眾生，樹幹提供了人類造船製作家具地板的材料，拿它做木刻，除了年輪外，還看到從中心向外放射出美麗獨特的細紋。群樹當中，橡樹吸收空氣中最多的二氧化碳，釋放出最多的氧氣，提供我們呼吸的新鮮空氣。橡樹胸襟寬大包容，慷慨地施捨與萬物。

現在節氣正當寒露，秋色碧，楓葉赤，白楊木林黃葉落盡。踩著滿徑喀喀作響的枯葉，聽到歸鴉從天際飛過，喧囂的呱叫聲，感到瑟瑟秋意。再仰頭看坡上的橡樹，青翠鮮綠，昂然屹立，好似也在風中微微點頭答禮，不由得喜樂開懷，心頭一陣安隱溫暖。

清理荒坡，橡樹露臉。

風華多彩的懸鈴木

說到「懸鈴木」，也許有人納悶，那是什麼植物？叫它「法國梧桐」，就會恍然大悟，喔，原來是它。

還有些人會把「法國梧桐」和「梧桐」搞混了。李後主的那首〈相見歡〉：「無言獨上西樓，月如鉤，寂寞梧桐深夜鎖清秋。」詞裡的梧桐樹是落葉喬木，樹幹挺直無節，樹葉蔥郁濃密，碧葉青幹，和法國梧桐的長相大同小異。認錯了的人可不少，包括名作家張愛玲。她的許多作品背景和上海這座城市有著千絲萬縷的關聯，中篇小說《金鎖記》是其中之一。她寫道，「不大的一棵樹，稀稀朗朗的梧桐葉，在太陽裡搖著像金的鈴鐺。」

上海有許多種不同的行道樹，法國梧桐的數量最多。這些行道樹最初是一八八七年，由當時的法租界公董局從法國引進來的懸鈴木，後來就被稱做法國梧桐，屬於懸鈴木科。梧桐又稱做青桐，是梧桐科，以植物學的角度來看，完全不同。

張愛玲說，「搖著金鈴鐺」，正是懸鈴木的特色之一。懸鈴木分為一球懸鈴木、二球懸鈴木和三球懸鈴木，張愛玲說的金鈴鐺是懸鈴木的果球，下垂如鈴，大約一英寸直徑、像乒乓球大小，結在果序柄。不同品種果實各異，單個生長的是一球懸鈴，兩個一串的是二球，三個或更多長成一嘟嚕的是三球。小懸鈴從夏末的翠綠逐漸變成秋天時的棕褐色，表面布滿突出的小鈍刺，像荔枝的表皮，中間包裹著許多種子。成熟的小球會自然脫落掉到地上，到了寒冬，還掛在光禿禿的枯枝上幌蕩似金鈴鐺，格外顯眼。聖誕節日，我摘下幾串和松果一起掛在聖誕樹上，增加節慶氣氛。

懸鈴木（Sycamore），又名為（Plane Tree），植物學的屬名是希臘文Platanus，意思是寬大的樹葉。從它的化石可以推斷，一億年前，已經出現在地球上，總共有八大品種都生長在北半球，其中六種的原生地是北美洲。落葉喬木，不論一球、二球或三球，株型都很美麗，生長迅速，又能適應各種氣候，只要種下，長成參天大樹，指日可待。現在幾乎全世界都見得到它，栽種在庭園裡，更多是當作行道樹。

醫學院學生在入學前或進入醫院實習前，要唸一段誓詞，公示自己的行醫戒律和道德標準，稱做希波克拉底誓詞（Hippocratic Oath）。希波克拉底是生於西元前四六〇年的古希臘醫者，被尊為西方醫學之父。將近兩千五百年前，他在一棵懸鈴木樹下，為學生講課。現在那個地方已經保留下來，紀念這段歷史上的傳奇。樹當然不是當初的那棵，也許是它的子孫後代。那棵懸鈴木是三球品種，原生地是歐洲東南部、亞洲西部和巴爾幹半島附近。它的葉片裂口比較深又多。

有一年，在法國巴黎的香榭麗舍大道上欣賞到懸鈴木優美的姿態，我們就決定將來家園裡也要設計一條迷你法國梧桐步道。

十九世紀中，巴黎著手進行城市規劃，主幹道的兩側栽種了二球懸鈴木，也就是法國梧桐，成為充滿浪漫氣息的林蔭大道，供行人遊客悠閒地徜徉徘徊。去過巴黎幾次，看到懸鈴木在不同的季節展現不同的風貌，戀戀不捨離去，心中更浮現出梵谷在法國南部村莊畫過的幾幅懸鈴木。畫中阿

懸鈴木蔭庇午後驕陽。

秋天的懸鈴木最迷人。

爾勒（Arles）火車站前的那幾株，應該是在冬季，枝幹直直朝向天空，沒有半片樹葉，全是黃色調，褐黃、橘黃、金黃，深淺錯落有致，有亙久不變的精神。〈懸鈴木樹群〉這幅畫，秋冬之交，黃褐色的樹葉蓋住了整個天空，強烈的色彩和誇張扭曲的筆法，畫出的巨大樹幹，充滿了緊繃的張力，表現出懸鈴木的蓬勃生氣。

家園裡的花崗岩碎石步道，左右各栽五株懸鈴木，間隔大約一丈，樹下是開淺藍淡紫小花的迷迭香。我們種的是二球懸鈴木，加州和墨西哥品種，通稱西部懸鈴木（Western Sycamore）。它們原生在河流岸邊，岩石峽谷，潮濕山崖或乾旱坡地，能適應各種不同的地形和氣候。只要陽光充足，不拘泥土種類，也不需澆太多水，污染的空氣也無妨，就能快速長高長大。它一年可以長兩呎左右，高度達到八十至一一五呎，樹幹直徑大約三到五呎。它的平均壽命是二百歲，也有活到五百歲以上的。二球懸鈴木是一球和三球雜交的品種。

步道的終點是一張石條凳。我經常坐在那裡，觀賞這些樹。英國詩人威廉．布萊克說，同一棵樹，愚者和智者看起來，就是不一樣。我覺得，同一棵樹，不同的季節，不同的時辰看起來，就是不一樣。

秋冬落葉前，樹葉裡的醣分漸漸經由樹幹往下運輸，儲存在樹根，同時把附近泥土裡的水分汲取過來，準備好好睡一覺，等待春的消息。春暖時期，冬眠醒來的樹，開始工作，把充滿醣分、水分和礦物質的樹液，逐漸由根部往上提昇，經過主幹，到達每條分枝和細椏，供應萌芽和嫩葉需要的養分。微微的春風裡，嫩芽初上樹，新葉正酣熱，似乎可以聽到片片葉芽綻開的聲音，神采奕奕，準備迎接新的一年。

紅頭紅胸，穿著豔紅羽裳的美洲家朱雀，站在枝頭，婉轉動聽地唱著歌，有時互相唱和，有時喁喁私語。樹下是另一群外表樸實的小麻雀，不停地啄食灌木叢裡的小蟲，看起來就很守本分。蜂鳥、哀鳩、美洲知更鳥、暗眼燈草鵐，都常停息於此，飛進飛出，忙忙碌碌。偶爾有眼尖的庫伯鷹，看到獵物，俯衝而下，才剛收斂羽翼，尚未觸地，又展翅驚飛而起，扶搖直上藍天。春鳥啼鳴，自成樂章。我坐看聆聽，寧靜中有無限妙趣，體會到靜中有動，動中有靜。

懸鈴木的球果也在此時落地，棉尾兔和松鼠喜歡追逐著這些球兒玩耍，也許有牠們的遊戲規則，或者各自在展示自己的球技。爆裂的果子裡，是一簇一簇、蓬蓬鬆鬆、毛毛茸茸的種子，像長著小翅膀，在空中四處飄浮飛散。有的種子乘風而去，可到達一百公尺遠，有些人會對這些四月飛雪產生過敏反應，引起呼吸道的一些症狀。

懸鈴木步道是東西走向。坐在長凳上，可以看朝日東昇，換個方向，又可以欣賞落日餘暉。懸鈴木終日沐浴在變幻的陽光下，展示出不同的風華，豐富多彩。氣變悟時易，春天最後一個節氣穀雨過後，天氣漸暖，到了立夏，萬物進入生長旺季。懸鈴木的嫩葉漸漸長成寬大的樹葉，稀疏柔軟的萌芽很快地已經長得濃密，強勁地覆蓋了全樹。顏色從翠綠轉成橄欖綠，大約八、九吋寬，長度也差不多，比成人張開的手掌寬大，有三到五個裂片，邊緣有不規則的鋸齒狀，新葉背面有白色細細的絨毛，形狀看起來很像楓葉，不同的是在枝條上，懸鈴木的葉子是互生排列，楓葉則是對生排列。

夏日的懸鈴木枝葉茂密，蒼翠蓬勃，似華蓋天棚遮住了驕陽，在樹下歇息走動，陰涼舒適。除了茂盛的綠葉，外觀最特別的是樹幹。到了夏天，成長的樹幹會有一大片一大片棕灰色、褐黃色、不規則的外層樹皮剝離脫落，露出內在灰白色的樹幹。薄薄的樹皮好像結痂瘡疤，也似補丁，半黏著、半脫離，一塊塊米、白、黃、橘，又帶點灰綠，色彩斑駁，像調色盤，更如迷彩裝，非常獨特。

落葉喬木的樹葉到了秋天，有紅於二月花的霜葉，猩紅丹紅赤紅火紅，如琥珀瑪瑙；有連波秋色中的黃葉，嫩黃橘黃橙黃鵝黃，金碧輝煌。每年霜降之後，楓葉紅，銀杏黃，如詩如畫，讓人看了怦然心動。從科學的角度而言，樹葉隨著氣溫的下降，化學成分發生了變化。葉綠素越來越少，其他的色素就顯露出來了，像花青素的紅色，胡蘿蔔素的黃色就大量顯現，樹葉顏色也會從綠色變紅或變黃。

氣候變冷，溫度降低，樹葉柄和樹枝相連的部位會形成離層細胞，秋風一吹動，葉柄斷裂，樹葉飄落。

到了秋天，懸鈴木的樹葉開始變黃、變橘、變褐，有的還懸掛在樹梢，有的紛披飄蕩在空中，還有的已經落地，層層覆蓋在步道上，這是家園裡一年當中最迷人的景色。愛攝影的兒子已經迫不及待，取出相機，從各種角度捕捉在秋風中輕歌曼舞的樹葉。樹上的枯枝直直向上、或向四面八方伸展，不時有三兩枝折斷掉下，清脆的咔嚓聲，更顯得空寂清冷。

懸鈴木的落葉數量大，厚厚地堆積起來，相當可觀。我們不時走上去踩過來踏過去，不只是好玩，也在儲備肥料。落葉的主要成分是纖維素有機腐植質，含有氮、磷、鉀，對改良土壤效果很好。我們收集這些落葉和細枝，堆在果樹和玫瑰叢四周，上面再鋪上一層表層土，保持土壤濕潤，改善根部溫度。有些落葉借助絞葉機絞得更細碎，有些就留在原地，讓冬雨浸透腐蝕，成為天然肥料。園裡有成群的走鵑，牠們也愛成群結隊在落葉上跳躍走動，沙沙聲響中，不停地低頭啄食細枝碎葉中的小蟲。

刮起凜冽寒風的冬日，懸鈴木的樹葉落盡，處於冬眠狀態，樹型也一目瞭然，正是修樹的好時候。園丁拿起利剪電鋸，爬上長梯，快手快腳地修剪，去除傷殘的枯枝，防止病蟲害，也讓懸鈴木休養生息。我們在樹下發號施令，生怕修錯方向，影響美觀。園丁和我們共事十多年，默契十足，合作無間。隔年春天，修過的樹會更茁壯。

西部懸鈴木比起它在美國東部和中部的表親——美國懸鈴木（American Sycamore）身材小了一號。美國懸鈴木是一球，平均高度在一百呎以上，葉片邊緣的裂口不深，樹幹更加雄偉。我們在靠近路邊的坡地上種了幾棵，像彪形大漢、神勇武士，日夜守衛著家園。它們的缺點是根部生長快速，四處亂竄，不宜種在離房屋和車道太近。

我常推薦一本二〇〇三年出版的青少年讀物給小朋友，書名是《Flipped》，作者是 Wendelin Van Draanen，後來拍成了電影。故事背景是美國中部的小鎮，一個小女孩為了取下卡在懸鈴木枝幹中的風箏，勇敢地爬上這棵巨大的樹。她喜歡這棵樹，經常爬上去眺望遠方，看日出日落，鳥瞰全鎮的風景。後來樹被砍掉，她傷心欲絕。愛她的父親，畫了一幅懸鈴木的畫送她，並說，「我希

懸鈴木樹葉落盡，處於冬眠。

一球懸鈴木高大神勇。

望這棵樹的精神永遠與妳同在，更不要忘記妳在樹上時，心中的感覺。」

當小女孩坐在高高的樹上，得到的是十足的勇氣和決心、嶄新開闊的視野，更了解到，全景永遠大於每個部分景色的總和。而懸鈴木的精神正是：力量、庇護、永恆和盡善盡美。

英國詩人Nick Baker寫了一首詩〈在懸鈴木下〉（Under the Sycamore Tree），我翻譯如下：

在懸鈴木下，我們相遇；
暫且蔭庇　午後驕陽。
眾人匆匆而過，你我慢慢歇息，
在懸鈴木下。

在懸鈴木下，我們靜坐；
感覺精神抖擻，蓄勢待發，
憑靠著寬容的陰涼大樹，
在懸鈴木下。

在懸鈴木下，我們停留；
直到煩惱憂愁　離我而去，

直到夜的精靈　出來嬉戲，
在懸鈴木下。

在懸鈴木下，我們夢想；
辛苦勞累　不覺沈重，
恩典力量　終獲賜予，
我們一鼓作氣，再度出發。
在懸鈴木下，
在懸鈴木下。

魔法無邊接骨木

家園的北邊坡地有一棵野生的老樹，孤獨地矗立在半山腰，四周圍繞著雜亂的海岸刺梨和鼠尾草灌木叢。它的半邊枝幹顏色深沈褐黑，滿布粗糙皺紋，佝僂彎曲，懸盪在半空中，明顯地看到乾枯斷裂的痕跡。夕陽餘暉穿透而過，成群烏鴉棲息其上，聲嘶力竭地呱嘎叫囂，不知已度過多少天寬地闊的歲月。另一側的樹幹則拔地而起，從仙人掌叢探出頭來，奮力往上伸展，昂首雲天，傲然不拘，翠綠嫩葉在枝頭舒展開來，迎著微風輕搖。同根而生的一棵樹，兩種截然不同的風景。

今年冬天氣候驟變，連續幾天刮起凜冽寒風伴著傾盆大雨，園中兩棵白楊木被連根拔起。處處是漫天黃葉，枯枝落盡，滿目瘡痍。

坡上老樹仍然紋風不動，冷眼睥睨山腳下眾生。霜露既降，木葉盡脫，蟄蟲蛇蜥躲進洞中冬眠。它依然故我，獨自伴著在地的樹影。

兒子在外地讀書時，經常提醒我們，不要忘記這棵樹，怕它獨處一隅，疏於照顧。那片野坡離園地有點距離，沒有埋設澆水管道，它只能聽天由命。酷暑炎熱乾燥，怕它曬乾，曾經挑過幾桶水，爬上坡去澆灌，也不過是杯水車薪，無濟於事。它全靠自己強韌的生命力挺過盛夏寒冬。

從屋內二樓的工作室窗戶，一眼望出去，就看到它，雖然遠在園邊，感覺近在眼前。疲憊了，喝口茶，望出窗外，藍色天際下有它的雄姿；更遠處，一道白色柵欄，襯托出它龍鍾的身影。它好似貼心的老友，永遠在那兒，時時刻刻陪伴著我們。

它的名字是「接骨木」（Elder Tree），學名Sambucus，屬於忍冬家族，是落葉小喬木或灌木。家園裡野生的接骨木樹有好幾棵。一棵長在池塘附近的小徑邊，說它是一棵樹嘛，也很難確定，至少有五個樹幹聚生在一起，旁邊另有兩個直徑和高度約一兩英尺的樹洞接連起來，形成一圈小小的接骨木樹叢。不想讓它的枝葉往小徑方向生長，擋住東昇的朝曦，就修剪掉小路上方的部分枝幹，它也順勢往另一個方向擴展。

斑駁的老樹幹染滿了風霜，刻畫著無盡年歲的痕跡。一隻調皮的小棉尾兔從樹洞伸出頭來窺探，帶來靈活生氣和童趣。枯木逢春，一片片新鮮綠葉在枝頭、在枯幹上綻放，老幹新葉，生生不息。它因此被稱為「生命之樹」。

幾個月前，驚奇地發現另一棵接骨木在東南邊的緩坡上竄出來。原先它被整片黑鼠尾草和白夏至草掩蓋住，不曾注意到，長高以後，展露頭角，終究藏不住它特殊的優雅氣質。黑鼠尾草和白夏至草都是能淨化解毒的古老草藥，家園內滿山遍野長著，這當中竟然隱藏著一株直立挺拔的接骨木。我們賣力地鏟除清理掉它周邊枯敗乾死的植株，呼吸著苦薄荷發出的香味，儘量保留健康成長的藥草，同時讓接骨木完完全全地浮現出來。它沈穩地雄踞坡上，風雨飄洒，霜露浸潤，有不可一世的氣概。走近樹旁，雙臂環抱，臉頰輕靠，似乎聽到它的輕聲細語，更像自己在與內心深處對話。

它的存在，顯示出自然界中，生命的重量。既然有這株Elder Tree為主角，姑且命名這片土地做「Elder Flats」，「長者平台」吧。

園中地形最低凹處，大雨過後，雨水暴漲，形成一條天然的小溪溝。遠遠地，可以看到又有一棵接骨木立在溝中，雜木亂草包圍著。是不是要去披荊斬棘，拯救出來，讓它露臉呢？兒子反對。就讓它這樣，這才自然。心想，什麼是大自然呢？簡單定義可以說，和文明相反就是自然。那麼，人類種植、耕耘、栽培、創造或設計、改變出來的，算是大自然的一部分嗎？從這個角度看來，文明和自然就很難區分了。

看著這些在大自然野生野長的接骨木，想起十九世紀美國哲學家、詩人愛默生（Ralph Waldo Emerson）的一段話：「奇妙的是，我們看得到這些樹，卻未能想得到更多。」（The wonder is that we can see these trees and not wonder more.）

接骨木的種類很多，世界各地都可以見到。比較常見的是，歐洲接骨木，又叫做黑接骨木。它結的莓果從綠色轉為紅色，最後變成黑色時才完全成熟，故名黑接骨木。這也是植株長得最高的品種，大約可達三十英尺以上。

美洲接骨木是美洲原生植物，高度大約十二到十五英尺，寬度大約二十英尺，用來當做樹籬、路樹或單獨種植做觀賞用。不拘土壤，黏土、壤土、砂土都可以，肥沃疏鬆、排水通暢更佳，耐乾旱，易生長。一年可以長三英尺，相當快速，全日照，半日照都行。不拘生長環境，要求不高，隨意而生。樹型優美，枝葉扶疏，春天開白花，秋天結紫果，適合在庭園栽種。家園裡的這幾株屬於美洲接骨木。

強韌的生命力，挺過盛夏寒冬。

接骨木的樹葉碧綠青翠，長橢圓狀，五到七片對生在細枝上，葉緣細鋸齒狀。落葉喬木，樹葉從八月底、九月初就開始掉落，現在的節氣是大寒，也就是一月中，初生嫩葉已經紛紛綻放，茂密地布滿枝上，比春天的腳步更快。

到了春末夏初，接骨木開出一簇簇白色或乳白色，黃色花蕊的花朵，五片花萼，傘狀花序，細細小小，非常秀氣，帶有一絲絲淡淡的清香。接骨木花可以做成糖漿、花茶，酸中帶甜，有寧神壓驚的功效，清爽可口，還有接地氣、愛自然、揭開人生新的一頁的意義。

大約七月到九月，花謝後結果，叫做接骨木莓（Elderberry）。小小莓果大約直徑三、四毫米，根據品種，有黑莓、藍莓、紫莓和紅莓，結成一串串。和接骨木花一樣，歐洲人的日常膳食常用它，還可以做成精油純露、保健營養品和化妝品。新冠疫情剛開始時，傳出接骨木莓膠囊可以增強免疫力，許多人爭相搶購。

接骨木莓吸引來許多野生動物和鳥兒，經常看到珠頸斑鶉、走鵑、灰嘲鶇、啄木鳥和哀鳩的身影，吃喝玩樂，開懷歌唱。

遠在兩千五百年前，古希臘人已經用接骨木莓來治療感冒發燒。西方醫學之父希波克拉底（Hippocrates）就視接骨木為「藥箱」，是靈丹妙藥，用來治百病。

接骨木在中國有悠久的藥用歷史。中醫書籍《唐草本》和《本草新編》都記載著，接骨木可以續筋接骨，止痛活血，祛風利濕，根、莖、葉、花都可以藥用。

除了花和果，可以入藥的枝葉根莖都有毒。樹枝中空，歐美古老年代用它做成笛子、口哨、弓

龍鍾老樹，冷眼睥睨眾生。

老幹新葉，生生不息。

長者平台上的接骨木。

和漏斗等器具。英文名叫做Elder，是源自安格魯撒克遜文，是火的意思，中空的樹枝可用來吹氣升火，因而得名。同一種樹，東方拿來接骨，叫做接骨木；西方拿來升火，名字叫做Elder，跟老沒有直接關係，但是長生不息、薪火相傳的涵義，和它的特色也算相當貼切。

有人對食用、藥用、觀賞用產生不了共鳴，說到法力無邊的魔杖，可能就有興趣了。羅琳（J.K.Rowling）創作的魔幻系列小說《哈利波特》（Harry Potter）的第七本《哈利波特：死神的聖物》，三項魔法物品之一就是接骨木魔杖。這把在魔法世界中最厲害的魔杖就是用接骨木製作成的，持有它的人，可以擁有最強大的法力。羅琳是英國人，童年時住家附近有很多接骨木樹，對接骨木的傳奇和歷史深為熟悉，自然而然創造出這把具有史上最超強法力的魔杖。許多人著迷於魔法，對這把魔杖趨之若鶩，設法買到。

歐洲中世紀的人視接骨木為聖樹，是靈魂棲息地，種在房屋的四周，趕走魔鬼和女巫，還可驅蛇。至今，許多歐美花園常可見到接骨木樹，保平安，驅惡魔。馬廄、牛棚擺上一塊粗樹幹，趕走蚊蠅。帶一把接骨木細樹枝在身上，驅邪避凶。可能古歐洲人已經知道接骨木具有強力抗氫氟酸的作用，可以保護園林生態環境，消災免難。

冬雨洗刷下，園中的接骨木綠得更加葱葱郁郁。十九世紀俄羅斯女詩人瑪琳娜．茨維塔斯娃（Marina Tsvetaeva）這首詩〈接骨木〉寫得真好：

放眼望去盡是接骨木！
接骨木綠又綠，比木桶上的黴菌更綠，
比初夏的到來更綠！
接骨木啊，綠到長日盡頭！
接骨木啊，像我的眼珠一般綠。

夢中的橄欖樹

栽種橄欖樹是植樹造園過程中，最耗時費神，也最有趣的一段。

庭園設計少不了種樹，尋尋覓覓，終於找到秀桑來擔當重任。他是日本人，園藝專家。初見面就感覺到，是一個有條不紊，一板一眼的人。談起專業更是有憑有據，知識豐富，讓我們很放心，覺得可信任。他的外表看起來有點嚴肅，不苟言笑，卻不難溝通。

我們的植樹名單中，重頭戲是十五棵樹齡超過五十歲以上的橄欖樹。越老越理想，最好過了結果的豐產期。這點不強求，希臘有一棵三千多歲的老橄欖樹還在結果。不打算果實豐收，只希望不要落了一地的果子，造成污穢髒亂，打理庭園較簡單。

心目中的橄欖樹，樹幹底部粗壯，盤根錯節，彎曲虬結，表皮粗糙，扭曲的軀幹有些部分中空，瘤多結多，分岔的枝節伸展向天空；對生的樹葉是細長稍尖的橢圓形、背面綠中帶點古幣的銀灰色，四季長綠。

在描述這些細節時，心中浮現的是梵谷的畫。參觀博物館和藝術館時，梵谷的畫除了星空，最愛的是他的橄欖樹系列。現存的十八幅以橄欖樹為主題的畫作，都是一八八九年他在法國南部完成的。

看著園裡還無植被，光禿裸露的黃色泥土，再看看遠方起伏的綠色山丘，上頭是藍色的天空，還飄著片片白雲。黃土地、綠山丘、藍天空、白流雲，如果中間再加上一層橄欖樹，一幅幅的畫浮現在眼前。〈群山中的橄欖樹〉、〈白雲下的橄欖樹〉、〈採橄欖的女人〉，不都是這麼賞心悅目嗎？

秀桑看我出神，忽然開口問：「你們打算從希臘購買老樹運來嗎？」

我嚇了一跳，「需要這麼大費周章嗎？」秀桑說：「北加州有些橄欖樹園，橄欖結果越來越少的話，樹就會被賣掉。當然也有些是專門培養做觀賞用的。就考慮從北加州去尋找吧。」

和橄欖園主聯絡後，他很熱心地邀請我們去北加州參觀樹園。同時寄來許多相片及資料，展示他是如何修剪和照顧他的橄欖樹，也依照樹齡、樹型和根部尺寸分類，有些樹齡高達一百二十五歲。選定樹以後，運輸卡車會送過來，根據庭園狀況，可以用升降機、起重機、直昇機或渡輪栽種，什麼狀況都不成問題，不過聽起來工程浩大。

幸運的是，南加州的橄欖樹需求量大，有商機頭腦的園主就租下空地，每星期運一批樹到南邊來，方便買主選購。

於是每星期樹運來的那天清晨，秀桑陪著我們去看樹選樹。第一次到現場，像劉姥姥進大觀園，品頭論足，摸摸樹幹，搖搖樹枝，這棵也愛，那棵也好。秀桑是盆景專家，用放大盆栽百倍的眼光來觀察評賞每棵樹的形狀和姿態，像欣賞藝術品一樣，仔細審視。我們和秀桑各懷心思，挑東撿西。走完一圈，回頭來再看看那幾棵三人都中意的樹，竟然都掛上牌子，表示名樹有主，被訂走了。我們目瞪口呆，不知如何是好。

原來在場選樹的大多是庭園設計師，專門來為私人庭園、餐廳、公司或商業區物色適合的樹。

橄欖樹是生命之樹。

橄欖果是天堂之果。

他們經驗豐富，眼光獨到，只要看到的樹適當，符合需要的體態、大小、價格，就果斷地掛上牌子，定案走人了，哪像我們這樣挑三撿四，猶豫不決。這才知道，喜歡橄欖樹的同好很多，競爭激烈，下手要快。

九〇年代以前，南加州大多是木瓦灰泥的房屋，庭院種植的多是榕樹、榆樹、藍花楹、刺桐。後來，西班牙式、地中海型的住宅相當流行，搭配的是羅漢松、絲柏、棕櫚和橄欖樹。這股流行風，造成橄欖樹非常搶手。

到法國普羅旺斯旅行，印象最深刻的是幾株古老的橄欖樹，生長在光禿禿的山坡地上，四周沒有別的植物，驕陽曝曬，泥土乾枯，依然穩如磐石地生長。當地刮起冬季季風是非常強勁驚人的，它們不畏颶風，依然沈穩如舊，風吹不倒，度過年年歲月。

到義大利旅遊，特別是托斯卡納，樸實的農舍，古老的石板路，紅色的土地，金色的陽光，起伏的山巒，廣闊的視野，再加上處處可見，綠色的橄欖樹，色彩豐富，天長地久，亙古不變。

橄欖樹的歷史久遠，意義非凡。希臘神話中，海神波賽頓和智慧女神雅典娜競賽，決定誰可以擁有彼此都喜愛的一個城邦，由城邦裡的公民來決定勝負。波賽頓用三叉戟刺向岩石，湧出一股清泉，象徵力量和勝利；雅典娜用長槍點開地面，一棵結滿果實的橄欖樹破土而出，代表豐美的糧食和遮風擋雨蔽蔭。城邦的公民選擇了雅典娜為他們的守護神，用她的名字給城邦命名，這就是雅典的由來。古希臘奧林匹克運動會勝利者的獎賞就是橄欖枝花環。

橄欖樹有很多意義：光明、勝利、沈穩、健康、友誼，最重要的是代表「和平」。聯合國徽章和旗幟上繪的是世界地圖，左右兩邊是橄欖枝。聖經創世紀記載，洪水泛濫的日子，諾亞方舟飄流到最後，派出去的鴿子啣回了橄欖枝新葉，大家知道水已退去，大地復甦。鴿子和橄欖枝就成為和平的象徵。

我們的十五棵橄欖樹經過多次的拜訪選擇後，逐一敲定。指揮官秀桑帶著他的團隊，劃定位置。成齡的樹可以長到二十五到三十英尺高，寬度亦然，算好距離，測試泥土品質，橄欖樹不太挑剔，偏好多一點砂土的成分。種在完全向陽或沒有全天日曬的地方，都不計較。

秀桑的口頭語是：「根長好了，什麼植物都會長得又快又好。」他的徒弟們就一棵樹一個坑，用挖土機挖出樹根的兩倍寬、兩倍深的洞，確定排水系統良好，做好事前的準備工作。

貨櫃卡車分批載來了這十五棵巨大的老樹。起重機一棵一棵、小心謹慎地把它們吊植在預定的位置。原來空空曠曠的石板車道，瞬間豐富多彩起來，真想放鞭炮慶祝一番。

加州沿海地帶的氣候類似地中海，我們的橄欖樹在同樣的陽光下愉快地成長。每年四月到六月間，會開出白色透綠的細小花朵。經過六個月後，橄欖結果。先是青綠色，再轉變成淺棕色到紅紫色，完全成熟時，成為深黑色的橄欖。平常買來食用的橄欖就是綠色和黑色兩種。園中這些橄欖樹，有的會開花結果，有的無花無果，有的隔年或隔幾年生產，完全不能預料。當初沒有嚴格拒絕會開花結果的樹，帶來的是驚喜連連。

有人稱橄欖為「諫果」，初嚼時，覺得味道澀澀的，久嚼以後，香甜可口，餘味無窮。我們家的橄欖果滋味如何呢？

樹幹粗壯如磐石。

藍天白雲下的橄欖樹。

有朋友來玩，正是橄欖成熟時。她興沖沖地摘了幾顆就往嘴裡塞。可以預見的是，馬上吐出來。我們的橄欖不好吃，不是拿來食用的。百分之九十的橄欖品種是用來榨油，西班牙有一種含油量高達百分之二十七，所以西班牙是橄欖樹種植面積最大，產量最多的國家。我們一度考慮是否買個榨油機來榨油，加入生產的行列。橄欖油被稱做「液體黃金」，富含人體所需的胺基酸、維他命，抗氧化、防衰老，是健康長壽的祕訣。家家戶戶拿它來沾食或烹飪，甚至飲用。頂級初榨的橄欖油是美食不可缺少的一個角色。

家裡的橄欖樹，果實不能吃，油也還沒榨，我們喝橄欖葉茶。從樹上採摘一把新鮮的葉片，沖洗乾淨，用熱水沖泡或浸泡一段時間，就可以喝了。清清淡淡，似有若無，細細品嚐，心情放鬆，又有益健康。

園裡雀鳥眾多，飽食橄欖之後，也把種子散播四處。園裡已經長出幾株不請自來的小橄欖樹，有兩棵已比人高。它們一定會繼續長大，並不寄望它們很快長成巨樹，看著新生命一天天成長，自有一番樂趣。

秀桑完成任務離開後，他的團隊留下，負責日常的庭園工作。每年他們都會修剪橄欖樹，頂端枝葉剪掉，讓它橫向生長，擴大遮蔭，太茂密的枝枝節節修掉，增加通風，層次分明美觀。我們坐在樹下，逍遙自在，深深體會到自然界的一棵樹、一片葉，帶來心靈的平靜安適。

橄欖樹有六千年以上的歷史，橄欖也可能是人類最早食用的果實。這些生命之樹，天堂之果起緣於地中海的東部邊緣，至今，全球除了南北極，都有橄欖樹的身影。

〈橄欖樹〉那首歌中有一句，「為什麼流浪……為了我夢中的橄欖樹……流浪遠方……」。其實不論你在何處，都無需流浪遠方，就可以遇見橄欖樹。如果住處沒有地方種一棵橄欖樹，可以從希臘領養一棵。你的名字會掛在那棵樹上，樹上結果榨的橄欖油會送到你的廚房，你可以驕傲地用它烹調、拌沙拉、蘸麵包吃，心底充滿的是夢中的橄欖樹和大自然的陽光。

戀戀石榴情

漸有秋意，池塘裡，蓮蓬結實，殘荷枯黃，樹梢蟬已噤聲。天氣一會兒晴，一會兒雨，一會兒刮起秋風，一會兒閃電雷鳴。清早走在果園，秋霜晨霧，露洗芒草，感覺到淡淡的蕭疏輕寒。

東果園植有五株石榴樹（Pomegranate），幾年下來，已經長到約八、九英尺高。石榴樹屬於落葉喬木或灌木，現值仲秋，樹枝掛著稀稀疏疏的葉子，有的仍翠綠，有的轉金黃，有的變橘紅。斜風細雨下，樹周遭的地上，小徑階石之間，枯褐的石榴落葉靜悄悄地布滿蒼苔木屑上。半個被鳥獸掏空吃盡的石榴果殼，落在一旁。

當初挑選果樹時，不加思索地把石榴列入名單。憶起當年赴美前，住在台北近郊的小城，舊家孤立在山崖邊，沿著竹籬笆是一排蘆葦，進門處左右各一株石榴樹。秋風起時，白茫茫的蘆葦花，風中搖曳，石榴剛結了紅彤彤的果實，紅白相映，遠處的山色若隱若現，那是我們離台來美前的時節。

門前種三樹，家興旺三世。三樹並不特定是哪三種樹，三世也不只是指三代。舊日的農業社會，每家庭園裡會種一些寓意吉祥的樹，世世代代傳承下來，寄託著一些美好的願望。不論指的是哪三種樹，石榴樹都是首選。石榴果實裡有很多種子，榴開百子，象徵多子多福，果實成熟崩裂，又像笑口常開。所以俗語說：「石榴宅中立，貴人自然來。」

榴開百子，多子多福。

氣候變遷，逐年惡化，種植耐乾耐旱的植物，已列入考量的因素。加州降雨少，溫度高，炎熱、乾燥、缺水，根據帕默爾乾旱指數，今年夏天是百年以來創紀錄，極度乾旱的一年。

要擁有美麗的園林，明智的選擇品種，正確的栽種方法，和適當的季節維護，缺一不可。石榴樹正好適合乾旱的氣候。除了園內的五棵石榴樹已長高長大，薰衣草坡上也穿插了十二株矮種石榴，三英尺高，終年開著熾烈如火的紅花，夾雜在深紫淺藍乳白的薰衣草灌木叢中，格外耀目，結不結果已經不重要。

石榴喜歡陽光，日照要充足，通風透氣，株與株之間需有適當的距離。土壤瘠薄也無妨，疏鬆的砂質壤土會更好。石榴樹在惡劣的環境下耐性十足，生長容易，少病蟲害，一點都不嬌氣。春秋兩季添加淡淡的有機肥料和每年一次覆蓋的木屑就夠了，灑上咖啡殘渣和攪碎的落葉也行。成株的樹每年要修枝，纖弱的枯枝、從根部竄出的萌櫱枝、影響通風日照的枝條，通通都要修剪掉。現在的節氣是寒露，農民曆書寫著是：「石榴山楂摘下來」的時候。我們的石榴果實已陸續採收，至遲初冬就得將枝頭剩果摘掉，立春萌芽前，就要修枝了。

石榴樹幹是灰褐色，莖的分枝多，細細長長，根系發達，深入土裡，葉片狹長橢圓形。一棵樹有兩種花，沒有雌蕊的是雄性花；有雄蕊和雌蕊的是兩性花。雄性花的底部窄小，只開花，不結果。兩性花的底部是圓圓的花房，會結果。石榴花瓣輕如紗，邊緣有波浪狀的皺摺，五到七枚，有單瓣也有複瓣，大多是朱紅色，也有白色、黃色，非常少見，花香清淡。

五月榴花照眼明，農曆五月又叫做「榴月」。榴花色彩絢爛，耀眼奪目，豔麗如霞。各個朝代

石榴宅中立，貴人自然來。

榴枝婀娜榴實繁。

的詩人雅士都愛歌頌它。唐代詩人杜牧說，「似火山榴映小山」，像火般豔紅的石榴花，把整座小山都染紅了。俏麗的姑娘摘下一朵插在髮中的玉釵上，詩人擔心它把姑娘的鬢髮都燒焦了。

還有一位詩人更誇張，「游蜂錯識枝頭火，忙駕熏風過短墻。」蜜蜂聞石榴花香而來，一看到猩紅色的花朵，錯以為枝頭失火了，匆匆乘風逃走，飛過矮墻。

王安石說：「濃綠萬枝紅一點，動人春色不須多。」一朵美豔的石榴花，勝過萬紫千紅。蘇東坡認為，「色作裙腰染」。那種石榴紅拿來染布作衣裙，可真美啊！白居易說，「翦碎紅綃卻作團。」千萬朵紅色石榴花像剪碎的紅絲綢，簇成一團一團的。他的詩中還描述，薔薇帶有尖刺，菡萏生在污泥，都不容易親近。只有石榴花平易近人，有人間煙火氣息，可以盡情觀賞。他更說，「花中此物是西施，芙蓉芍藥皆嫫母。」石榴花美如西施，芙蓉花、芍藥花和它一比，都成了醜八怪。山茶花顏色赤黃、桃李花絳白，通通都不入格，不漂亮，看來他眼中只有石榴花。

我們經常用「拜倒在石榴裙下」來形容一位男士對女士傾心之情。典故出自武則天。她曾經寫過一首詩〈如意娘〉送給唐高宗，描述自己的愛慕之情，經常思念到淚如雨下，沾濕了身上穿的紅裙。不相信的話，可以來「開箱驗取石榴裙」。高宗看了非常感動，將她迎進宮裡，後來成為歷史上第一位女皇帝。她喜歡石榴，當年長安是榴花遍近郊，她還封石榴為「多籽麗人」。

另外一位古代美女楊貴妃更是仗恃著三千寵愛在一身，讓朝內群臣見了她要行跪拜之禮。唐朝女性愛穿紅色長裙，這也是「拜倒在石榴裙下」的來源。

武則天和楊貴妃兩美人都愛吃石榴，真是吃對了！石榴富含維生素C，可以養顏美白。武則

大紅燈籠高高掛。

寒露時節，石榴待摘。

天長壽又駐顏，楊貴妃還愛喝酒，喝多了，來段貴妃醉酒，唐明皇餵她吃點石榴，幫助解酒。酒醒後，更加千嬌百媚。

石榴的果皮較厚，果型圓圓紅紅的，像個小皮球，也像個小紅燈籠，碩大飽滿，大的直徑約十公分，較小的也有六、七公分，就如唐代詩人王維在〈田家〉這首詩裡描述的，夕雨紅榴拆，黃昏雨中，紅石榴結果重得壓折了枝條。

掛在枝頭的石榴果，可以看到下端有皇冠似的花萼，五到七裂。橫切開果子，中間像蜂窩，淺黃薄膜清楚地分隔出六個子房室，每個室內有許多種子，所謂的「千房同膜，千子如一」。種子的中種皮和外種皮是肉質層，也就是我們食用的部分，顏色根據品種有鮮紅、淡紅、白色、黃色，內含石榴汁液，甘中帶酸。我的經驗是深紅色的籽比較酸，淡紅泛白的籽比較甜。最裡面的籽也可以吃，不過大部分的人都吐掉，其實內含維他命C、E和石榴多酚，是很好的天然抗氧化劑。

節氣過了白露，我們的早餐桌上一定有現摘的石榴。有些果子在樹上成熟後裂開了縫，好像笑得合不攏嘴，露出透明的玉齒。這些裂口的石榴果招來了鳥雀。前幾天去摘果，看到幾隻黃身黑頭的美洲金翅雀又飛又跳，爭搶啄食露出的石榴籽，我躲在靜處閒看，讓牠們好好享受一頓早點。

切石榴，紅色汁液容易飛濺，怕弄髒衣服，得非常小心，繫上紅圍裙保護。掰開石榴皮，透明通紅的石榴籽像紅寶、像瑪瑙、像水晶、像玉珠，視覺上已是一大享受。籽粒晶瑩多汁，放進嘴裡嚼破，更如玉露瓊漿，甘甜入心。

吃不完的石榴籽，放進凍箱，取出後，一碗石榴冰沙，清洌可口，勝過冰淇淋。有時也會榨汁喝，豔紅透明，甘美清醇。在現打的杏仁豆漿裡，添加一點藍莓、桑葚、百香果和石榴籽。雪白、鵝黃、寶藍、深紫、火紅，好看好吃又營養。午餐的蔬菜沙拉灑上數顆紅澄剔透的石榴籽，挑起味蕾，更有畫龍點睛的趣味性。

中醫古籍記載，石榴的根、葉、花、皮都可入藥。它含有多種營養物質，食用藥用美容都適合。重要的作用是預防心血管疾病、抗老防癌、保濕除皺、延緩衰老。

石榴是最古老的果樹之一，原產地是波斯，漸漸傳到地中海、阿拉伯、阿富汗、印度和中國。阿富汗是世界上栽種和食用石榴最多的國家。西漢時，張騫出使西域從安石國帶回石榴種子，種在西安臨潼，距今已有兩千一百多年，那時叫做「安石榴」。

石榴經常出現在國畫裡，看起來都熱情洋溢，歡欣喜悅。齊白石在九十四歲時還畫了一幅〈多子〉。石榴葉和果皮是棕褐墨黑，紅豔的石榴籽卻畫成有趣的四方型，別緻可愛。九四老人童心未泯，脫離了形狀的束縛，可以隨心所欲地畫。民間的窗花、帳幔、屏風等裝飾陳設，也常見到纍纍的石榴果圖案，是人們期盼多子多福、興旺昌盛的習俗。

我們今秋的石榴採摘工作已近尾聲，套一句埃及人的古諺語祝福大家，「吃個石榴泡個湯，生龍活虎，健健康康！」

黑夜之后，勝利之果

古人秉燭夜遊是一種浪漫的生活情調。三五好友相聚在花園裡，擺開筵席，吟唱酌酒，燭光搖曳中，漫遊花叢間。明月如霜，清風習習，處處飄香，笑語盈盈。

唐代詩人白居易愛花，深怕隔天早晨刮起大風，吹散了殘花。紅衰香褪，著實可惜，只好在世人塵夢中披衣而起，拿著火把照花，觀賞一番。多愁善感的詩人寫道，「夜惜衰紅把火看。」

我們既不秉燭夜遊，也不把火看花，每當初夏到入秋的夜晚，還得時常摸黑去離住屋有段距離的西果園。到那時，吃過晚餐，看看天色，外子會說，差不多要下去果園了。我趕緊裝備就緒，腳穿登山鞋，頭戴礦工用的照明燈，一手拿著軟毛刷，一手捧著小容器，準備出發。

山區早晚溫差大，夜涼如水，秋風漸起，緩緩地從幽暗處飄過來。西果園地形較低，一道迂迴的石級小路順勢而下。薄薄的霧氣浥濕石階和小徑，穿著登山鞋不容易打滑。月黑風高，我亦步亦趨地跟著走下西果園。

聽起來有點怪異嚇人，我們不是要進行什麼奇怪的儀式，是因為火龍果（Dragon Fruit，或名Pitaya）今晚要開花了。身為園丁，希望有好收穫，就得扮演夜行者，在黑漆漆的夜晚到果園工作。

六月到十月是火龍果開花的季節。長大的火龍果植體有很多莖條，每枝莖條一年只開一夜的花，黑夜幽幽地開放，清晨默默地收斂，大約十到十二小時，短暫而絕美。每朵花的直徑約二十五公分，長約四十五公分，相當碩大的尺寸。花的顏色多數為白色，和曇花很像，少數是紅色或黃色。

火龍果花被稱為「夜之后」或「夜仙子」，當之無愧。薄如蟬羽、玲瓏剔透的十幾片花瓣，形成漏斗狀，潔白晶瑩素淨，如羊脂玉石，線條優雅精緻，像夜明珠，像夜寶石。皓月當空的夜晚，它閃爍著銀白色的光芒，宛如仙女下凡；無星無月的黑夜，若隱若現，神祕奧妙。它彷彿在白天緊鎖住所有的芳香，到了夜晚，一股腦爆發出來，沁人心脾，魅力四射。

火龍果的花柱很長，柱頭比花葯高兩三公分，不容易靠風的吹動自體受粉，必須借助花粉傳播者，像蜜蜂、蝴蝶、昆蟲或鳥類的傳粉。它夜晚才開花，傳播花粉的蜂蝶大都回巢休息了，即使有些蜜蜂摸黑透早，勤奮地加班工作，傳粉到自花不孕的花朵裡，也是徒勞無功，就得借助人力，進行異株傳粉。這就是我們夜間出襲的任務。

火龍果是雌雄同花，分成自株能孕和自株不孕兩種。如果只種了一株，還想吃到果子，就要確定是自株能孕的品種。自株不孕的火龍果，必須接受不同品種的花粉，才能受孕結果。根據學理和有經驗的果農的說法，異株交配結的果的確比較大又甜。

夜裡代替蜜蜂和蝴蝶的工作，主要是確定異株傳粉，結出完美的果實。兩人摸摸索索地走到火龍果棚架下，伸手不見五指，四周暗香浮動，循著陣陣花香，一一找到盛開的花朵。調整好頭上戴的礦工燈，明亮的光芒照射進完全綻放的花朵裡，好似揭開輕紗薄霧，花蕊花柱看得一清二楚。拿起小毛筆刷，從雄花的花葯，輕輕刷出花粉，蒐集到小盒子裡。如果當晚有不同品種的另一朵花開，馬上可以把花粉傳播到雌花，否則拿回屋，放進冰箱，改天再完成。

我們聚精會神地工作，四周一片漆黑。白天花枝招展的天竺葵，已隱於夜色中。松樹頂梢有一隻仿舌鳥，一會兒啁啁啾啾，一會兒唧唧喳喳，在這深色的沈寂裡，不知在模仿誰的聲音。夜間活動的貓頭鷹，咕咕呼呼，夜生活即將開始。蛐蛐蛐蛐，是躲在石頭縫裡的蟋蟀，氣勢洶洶地演奏著交響樂。青蛙叫聲持續高昂，響亮又有節奏感，正值牠們的求偶期。郊狼的嚎叫聲從遠處傳來，此起彼落，在夜深人靜時，更加淒厲孤寂。我們為了野生動物和小鳥，儘量減少夜間的燈光，特別是春秋兩季，牠們遷徙的時節。在黑暗的夜晚，牠們不會迷失方向，也不會打亂作息。

任務完成，緊繃的神經鬆弛下來，我們踏著皎潔的月色，由滿天星斗護送，輕快地回屋。心中盤算，再過四十天左右，就有火龍果可以採收。

南加州乾燥炎熱的氣候非常適合火龍果生長。幾年來不斷扦插繁殖，有的種在大盆裡，有的種在圍牆邊，後來搭建棚架，大量栽培，目前已有上百株了。

挑選健康粗壯的莖體，銳剪剪下後，用培養土栽種在小盆裡。兩、三個月後，莖條穩定，長出小芽，根部也長了些許細根，就移植到地上或大盆裡。土質要求不高，只需排水好，用仙人掌的培養土和肥料就更加分。它不需要太多水分，兩個星期澆一次就夠了，太多水會造成根部腐爛。酷熱的夏天，也只需隔天澆水，保持濕潤即可。用割下的草和落下的松針，覆蓋在根部周圍，避免水分蒸發，泥土乾硬。每天至少有六小時以上的陽光照射。從開始栽種到收成，不到兩年的時間。容易繁殖，抗旱抗病，好種好顧，省時省工。

火龍果今晚要開花了。

火龍果是熱帶植物，原產地是中美洲、巴西和墨西哥的沙漠地區。它屬於仙人掌科，攀援肉質灌木，植體是綠色的三角柱，沒有主根，側根大量分布在淺淺的表土層，主體上有很多氣生根，幫助它攀援生長，可以高達七英尺以上。多年生，一般可存活二、三十年，條件適合，照顧得宜，五十年也不是問題。

植株健康地成長，攀爬到棚架上，用花園專用的膠帶鐵絲固定，就等著開花。花季前，剪掉粗壯莖條的尖端，促進開花。一般來說，下垂的枝條比較容易開花結果。我們就拿一條條細麻繩繫在枝條上，另一端綁著裝水的瓶子，增加重量，幫助彎垂。不知就裡的人，看到空中懸掛著高高低低的水瓶，會很好奇這又是什麼新潮的玩意兒。

從六月中開始，清晨第一件事就是，到園子看看今天有幾個火龍果花苞。同一莖條上，最多只保留兩個花苞，才能確保高結果率和量少質精的成效。授粉後，花朵基部慢慢膨脹長大，成為橢圓形飽滿的果實，胭脂紅的果子配上黛綠的植莖，爽心悅目。等到果子顏色紅透或變杏黃，鱗片反捲，就知道已經成熟，輕輕一扭，就摘下來了。原來開過的花，殘留下的花萼、花瓣和花蕊，已經成為棕褐色，乾枯萎縮。

火龍果可號稱水果中的超級巨星，表皮、果肉和滋味，根據品種各有不同。外皮有紅色、綠色、黃色，色澤都很鮮豔，有些皺褶裂紋，和鱗次櫛比、皮質感的三角形鱗片，像披戴著一身盔甲。一個火龍果的重量在兩百到五百克之間。果肉有白肉、桃紅肉、紫紅肉和黃肉，都布滿星星點點、密密麻麻的黑籽。黃色果肉的火龍果，品種比較珍稀，味道最甜美，果實也最大，有人稱它為

「麒麟果」。

火龍果肉豐盈飽滿，清甜甘美，爽滑可口，高纖維、低熱量，能降血壓、血脂，抗氧化，助消化。親手栽種、授粉、培育、收成，對切開來，裝在瓷盤，紅、白、黑，色澤美得如畫，吃在口裡，甜入心窩。

火龍果的來源無從稽考，也沒有什麼歷史文件記載它的來龍去脈。有一說，西方神話故事裡提到，英雄武士和火龍大戰，火龍嘴裡不停地噴出一團團的火燄。英雄勇敢地執劍奮力屠龍。龍嘴噴完火燄後，精疲力盡，被英雄刺殺，最後吐出來一枚紅色帶著鱗片的果子，倒地而死。英雄拿著紅果子，呈獻給國王，做為勝利的象徵。這就是我們現在吃的火龍果，勝利之果。

蜜蜂是最佳花粉傳播者。

頭戴礦工燈，異株傳粉。

超級巨星火龍果。

月月花開，季季果摘

有一句英國諺語：「A cherry year a merry year. A plum year a dumb year.」櫻桃年，快樂年，李子年，傻瓜年，這諺語用了櫻桃李子，取的是押韻。中文裡水果的吉祥語很多，也是源自諧音。蘋果，平平安安；橘子，大吉大利；柿子，事事如意；火龍果，火火紅紅；不論是由聲音聯想，從形狀創意，或以故事引申，都能從水果衍生出代表吉祥的祝福。

有人建議，每條街道都種果樹，肚子餓了的人隨手摘下來吃，絕不該受到懲罰。外子聽了，舉雙手贊成。他說，小時候頑皮又貪吃，常常和玩伴去偷摘附近人家長出牆外的芒果、芭樂，被追著逃跑，立志長大後一定要種很多果樹，還要和人分享。水果大家都愛吃，小時候一到學校，不就開心地唱著：「排排坐，吃果果。」

魏晉時期陶淵明寫的〈歸園田居〉，「方宅十餘畝，草屋八九間。榆柳蔭後檐，桃李羅堂前。」他的住宅四周有農田，屋後有榆樹柳樹遮蔽，屋前有桃樹李樹整齊排列。返回到大自然的陶淵明，沒有官場的煩擾，自由自在地聽著深巷裡的狗吠，桑樹頂梢的雞鳴。

我們還未歸隱田園，只能學著種桃種李，開闢果園。規劃住屋的兩側為「東果園」和「西果園」，東邊地勢較西邊高，也稱「上果園」和「下果園」，兩個果園由柑橘小路連結。

從塵網脫身，回歸田園的陶淵明，每日勞苦耕作，從清晨忙到夜晚，才扛著鋤頭，乘著月色回家。努力工作一定會有成果嗎？並不盡然。忙了半天，「草盛豆苗稀」，雜草長得比栽種的豆苗還高大，收成未必如願。陶淵明不辭辛勞，不違所願，真誠執著地返歸自然。一分耕耘不一定有一分收穫，不計成果才能樂在其中。

開闢果園，首先要決定種什麼水果。經過計劃、討論、爭吵、徵詢、妥協，陸續地種了桃、李、杏、梅、石榴、蘋果、梨、芭樂、蓮霧、葡萄、百香果、火龍果、釋迦、無花果、枇杷、桑葚、柑橘、檸檬、佛手柚、金橘、柿子，每一種都不是單株。

品種決定後，接著選擇位置。通風開闊、日照充分、排水優良是必要的。並且考慮果樹長大後，有足夠的距離讓樹枝樹根伸展開來，不和鄰株爭陽光和養分。家園裡的土壤乾硬貧瘠又多石，必須徹底改良，並確定泥土的酸鹼度；南加州秋冬時有很強的焚風，得打下木樁或金屬棍來支撐，樹幹才能筆直向上，樹根也能穩固發育。等到果樹長大開始結果，就得修剪樹枝樹型，幫助透光透氣，防止生長過高，方便採果；拔除雜草，免得奪走水分和養料；加州陽光強烈，要有套袋防曬措施，避免果實灼傷烤焦；定期覆土施肥，結果太多又要疏果……農事無止無休。

夢想中的庭園是「月月花開，季季果摘」，十多年辛勤耕耘下來，算是達標了。各種水果好處不同，滋味各異。有的美白養顏，有的淨血排毒，有的瘦身減肥，有的健康養生，為了這些益處，「留待先生手自栽」也是理所當然的。日出而作，日落而息，已經成為我們的生活常態，換來每天早餐的新鮮水果，是一日之始的享受。

摘盡枇杷一樹金。

桑葚由淡紅淺紫到烏黑透亮。

東園載酒西園醉，摘盡枇杷一樹金。——南宋 戴敏

園中的每株枇杷樹，都在當季結實纍纍。舊居枇杷樹結的果，朋友嚐了喜歡，隨手栽下果核，長出幼苗小樹，回贈給我們。新苗結的果，滋味不亞於當年的老樹。

秋冬之際，枇杷樹結蕊開花，白中透黃的花朵，十來朵成一束，花梗是毛茸茸的淡褐色。春天結子，初夏成果。明黃色果子帶點胭脂紅，底部摻著暗青色，果肉裹著幾粒烏黑的果核。一串串黃澄澄、金燦燦的枇杷果，在春夏朝陽下，看了垂涎欲滴，真是枇杷樹樹香。從秋冬開白花，到春夏結黃果，經過了四季的雨露滋潤，正是「果木中獨備四時之氣」。

一位食家朋友欣賞吾家皮薄肉嫩、甜美多汁的枇杷果，說，「這枇杷是好東西，從果實、果核到樹葉都能入藥。」說得沒錯，它能潤肺止咳、清熱解毒，中藥川貝枇杷膏的成分之一就是枇杷葉。

墨綠色的枇杷葉豪闊厚重，寬長如手掌，橢圓狀，形似中國樂器琵琶，因而得名。齊白石畫枇杷，濃淡乾濕的寫意畫裡，金黃淡橘的枇杷或垂掛枝上，或裝置於籮筐，墨黑的枇杷葉遒勁有力，堅實豐滿，襯托出黃金彈丸似的枇杷果色鮮味美。

見客人來，襪剗金釵溜，和羞走。倚門回首，卻把青梅嗅。——宋 李清照

如果要問吾家果園有幾棵梅樹，答案是「不知道」。外子熱衷於培養梅樹，不斷地扦插繁殖，目標是要闢出梅林，和蒼松、修竹組成歲寒三友。

第一棵梅樹的基因太好，種下第三年就亭亭玉立，枝葉疏密有致。初春百花尚無消息，還有些許寒意，梅樹的枝幹已經顯露出冰肌玉骨的氣質。梅花初開大約在十二月底到二月間，首先三三兩兩地點綴樹梢，漸漸地從點點到陣陣最終成為片片花海。花朵緊貼在枝條上，五片粉紅色的花瓣，側著開或俯著開，開了兩個星期後，逐漸凋零。卵形、前端長長尖尖的綠葉在花開後才展開。青青的梅子就隱藏在綠葉當中，不細看還找不到。

梅樹在東果園的一角，旁邊是整齊的樹籬。黎明時分，黃羽紅喙的北美金翅雀、身軀灰黑腰部一圈黃的黃腰柳鶯，成群結隊在樹籬飛進飛出，爭相蹦騰，歡歡喜喜地站上梅梢。啾啾鳥語，更顯得紅梅花的豔麗色彩、閃爍光影和清芬香氣，給早春帶來愉悅輕快又充滿希望的感覺。清晨立在梅樹下，看著遠山長，曉山青，盼望著梅子成熟時。

從花開、結實到採摘，經過了大約四個月。「梅子留酸軟齒牙」，酸度高，甜度低，不似其他水果，從樹上摘下，就可以輕鬆地大口啃咬了。才女李清照看到花園裡來了客人，含羞疾走，用嗅青梅掩飾，偷偷回頭看一眼來客。嗅青梅的畫面描繪出少女的含羞好奇，如果是啃青梅，可就顯示不出那種微妙細膩的心情。

一想到梅子，不禁牙根發軟，滿口生津。蘇東坡寫到梅子，用「一點微酸」代替。「望梅止渴」也好像有道理。不拿來鮮食，就要加工了。有一年豐收，採果、洗滌、粗鹽搓揉、殺青、蜂蜜醃漬，忙得人仰馬翻。梅子的營養成分高，促進新陳代謝，強化免疫力，消除疲勞，延緩老化，是眾人愛吃的零食。

也曾遇到過狂風驟雨，殘紅落滿地的時候，收成並不受到太大影響。初春時節，其他的植物還未開花，傳粉的蜜蜂專注於梅樹，結果率高。這一株梅樹真不讓人失望，只有幾年自動休養生息，結果較少，是自然的現象。

從這株梅樹剪枝、扦插、盆栽培養，再種到土裡，第二代梅樹也開花結果了。多年來，始於一棵到蔓延成數十棵，梅林逐漸成形。

黃栗留鳴桑葚美，紫櫻桃熟麥風涼。——北宋　歐陽修

東果園這棵桑葚樹非常特別。在苗圃一看到，立即帶回家栽植。主幹筆直，頂端枝葉培育成傘狀，往下生長。人可以鑽進樹叢，直立傘蔭下，修剪摘果都方便。長長的枝條上布滿了對生的濃密綠葉。

三月開始，青青綠綠的桑葚花長在葉柄上，毫不顯著。等到花逐漸變成桑果，好像醜小鴨成了天鵝，變化神奇，果比花豔麗動人。果實發育大約需要四、五十天，由青中夾白，再轉成淡紅帶點，接著顏色由淡紅到深紅、淺紫、深紫、墨黑。成熟的桑葚烏黑透亮，水靈靈、甜滋滋。我們一邊採放進容器，一邊忍不住吃將起來。有一年，姊姊從台灣來玩，正當桑葚成熟時，忽然不見她的

身影。後來看她從桑樹叢中鑽出來，嘴巴一圈紫黑，雙手黏黏答答，已經吃得不亦樂乎。家人經常拿這一個故事取笑她。

桑葚是兩千多年前皇帝御用的水果。養心益智、防癌護眼、抗氧化、抗衰老，超級水果，皇帝也愛。

不只我們喜歡吃桑葚，蟲鳥也都識貨。兩千多年前，《詩經》〈國風〉有一段：「桑之未落，其葉沃若。于嗟鳩兮，無食桑葚。」桑樹葉子還未掉落時，潤澤有光地掛在枝頭。唉呀！班鳩鳥兒，別把桑葚往嘴裡塞啊！

園裡鳥兒多，又不怕人，跟著爭吃水果。冠藍鴉、知更鳥來來去去，吃個不停。以大嗓門出名，有音樂天賦的嘲鶇特別愛吃桑葚。常常聽到牠們躲在樹叢裡，開心地唧唧喳喳吵吵鬧鬧，想必在說：「好吃！好吃！真好吃！」

果園對蟲兒鳥兒來說，就是一個糖果店，口味雖不同，都是甜蜜蜜。螞蟻、蝸牛、蛞蝓、天蛾、蜘蛛、蚜蟲、葉蟎……，是常見的蟲害。我們不噴灑農藥殺蟲，隨時移除枯枝敗葉，撿拾落果，加強果樹管理，以健康的樹木對付自然界的天敵。用割除的短草、剪下的長枝、落下的松針，覆蓋在果樹周圍，土壤更肥沃。園裡可愛的瓢蟲也幫忙捕食害蟲。

桑葚摘下後，保鮮時間短。洗淨、冷凍保存或打桑葚汁、做桑葚醬、烤桑葚派，是鮮美的甜品。

花褪殘紅青杏小，燕子飛時，綠水人家繞。——北宋 蘇軾

東果園兩棵杏樹，耐旱喜光，種下兩、三年就開花結果。大約在三、四月間開花。杏花在含苞待放時，花苞和花萼都是粉紅色，花朵漸漸開放，顏色也隨著慢慢變淡，到了五片花瓣完全綻放，已經變成雪白，中間是黃色的花蕊。所以古詩人說它，「道白非真白，言紅不若紅。」一樹杏花，有的含苞，有的怒放，千姿百態，白中透紅，紅裡有白，美不勝收。

六、七月時，杏花漸漸凋落，青綠的小杏果慢慢地變成金黃色，帶點紅暈，長到直徑大約兩、三公分，也成熟了。這時，輕輕地一扭就摘下來了。果實肥嫩多汁，甜酸度也適當。家人都愛吃杏，尤其兒子。去果園摘一盆黃澄微紅的杏子回屋，想著變花樣享受。他用紅紅細粉狀的紅椒粉，灑在對切去籽的杏果上，放進烤箱烤。微辣帶甜的烤杏子，味道有層次，視覺更華麗，健康可口，風味特別，列入我們的家庭食譜。

蘇東坡寫道，「花褪殘紅青杏小」，殘花褪盡，青杏初生，是自然界新陳代謝的現象。可惜的是，一年只結一次果，又不容易保存。喜歡吃杏，只有求諸杏乾。曬乾或烘焙脫水的方法，仍然保存了杏子的營養成分，是一個很好的代替品。

花褪殘紅青杏小。

桃花四散飛。

桃花四散飛，桃子壓枝垂。——唐　姚合

西果園的蟠桃樹有強壯的枝幹，春季開出粉紅色的花朵，開得璀璨奪目。結出的果圓圓扁扁像甜甜圈，果肉綿密，甜度很高，數量卻沒有預期的多。

蟠桃是神話中的仙桃，傳說三千年才結一次果，吃了可以長生不老。民間流傳，清乾隆年間，幽默詼諧的紀曉嵐去參加壽宴，揮毫寫下：「生個兒子去做賊，偷得蟠桃獻母親。」令人拍案叫絕。吃了蟠桃可以與日月同壽，個個成仙。園裡的蟠桃樹一年只結幾個果，應該滿足了。

夏日炎炎，午後微風吹過，仍然是熱哄哄的。蟲兒昏昏沈沈，蜜蜂慵慵懶懶。桃樹邊的芒草發出低沈細語，桃花四散飛揚，水蜜桃漸漸長大。它們像夏日公主，粉紅嬌嫩的果皮，吹彈欲破，薄如蟬翼，裹著滿滿的汁液，果肉柔軟，香氣撲鼻，每一口都甜津津。水蜜桃掛在樹上，把樹枝壓垂得低低的。

天氣熱，水蜜桃熟得早，個兒小，甜度更高。秉持共享的原則，有些果實套袋防曬，有些就讓鳥兒享用。經常看到鳥群棲在樹上，大飽口福，互相唱和，樹下一隊棉尾兔等著啃食掉下來的果子，我們穿梭其間，摘取自己的早餐。

節氣入秋，長日已將盡，春花結秋實，我們期盼下一波的豐收。

春花秋實，蘋果飄香

「花園」的意義在古希伯來文裡就是「天堂」。一塊園地有美麗的花卉、流水、飛鳥、綠茵可以欣賞，有豐富的果實，紅的綠的蘋果掛在樹梢，紫的黑的葡萄攀爬棚架，璀璨如寶石的莓果匍匐地面，讓人品嚐。這裡是花園，也是人間天堂。人們該做的事就是培育它們、照顧它們。

種果樹的目的是為了吃果子。「吃果子，拜樹頭」這句閩南諺語，意思是要飲水思源，懂得感恩。

憑著雙眼和雙手，我們學著了解大自然的規律，摸索出生態的系統，體會到玄妙的造化生機，也與動物、昆蟲、鳥類共享成果。走入果園，忘卻世情。春去秋來，隨著時序，有不同的植穫。就算沒有曆書，四時自成歲月。

種蘋果樹是一門功課。家園裡有二十多棵蘋果樹，三個品種：富士（Fuji）、加拉（Gala）、青蘋果（Granny Smith）。這三個品種的發源地：富士來自日本，加拉出自紐西蘭，青蘋果源於澳大利亞。

富士蘋果表皮紅潤帶著深紅紋點，甜蜜爽脆；加拉蘋果黃中帶紅，顏色豔麗，脆甜多汁；青蘋果表皮青綠，酸中微甜。三種蘋果的酸度、甜味、芳香略有差異。這些年，親耕親作，栽培出的果子有家園的味道，有一股生命力，總覺得比市場買來的好吃。兒子的味蕾特別靈敏，一嚐就知道不

紅蘋果，真想咬一口。

自然農法，蘋果樹更健康。

枝頭蘋果待採摘。

同，還聲明非家裡自種的蘋果不吃。

蘋果的歷史悠久，千萬年前，地球上就有蘋果樹了。最早的老祖宗是新疆野蘋果，發源自中亞天山山脈，在吉爾吉斯斯坦和哈薩克斯坦一帶。新疆野蘋果經過變種，發展成現在的蘋果，當初的原始品種至今還存在。西元以後，旅人帶著蘋果經過絲路到了西歐，西元一千七百年，到達美洲。

當今世界有七千五百種蘋果，美國大約有兩千五百種，商業用途的大概百種。它是美國最重要的農產品之一。提到蘋果就不能不想起一八〇〇年代的傳奇人物強尼蘋果籽（Johnny Appleseed）。他的夢想是到鄉間土地種出許多蘋果，讓人不會口渴挨餓。他獨自徒步從東往西行走，攜帶著蘋果籽一路種植，五十年內，在各州帶領開拓者培育出數千數萬棵蘋果樹。近代在美國誕生又大又甜、品種改良後的蘋果，出口到全球各地，世人驚豔。記得幼年遠足野餐時，掏出一顆又紅又大的五爪蘋果，羨煞多少同學。

蘋果是薔薇科落葉喬木。生長環境只要陽光充分、排水順暢，氣候乾燥，一年有一些低溫的日子，就夠了。如果土壤裡富含有機微生物，會提高生長速度，產量和品質更好。

四、五月間，蘋果開花。待放的苞蕾嫣紅晶瑩，面朝天空綻放，開出的五片花瓣色澤粉白，淡淡的，輕輕的，溫雅柔和，清芬醞藉，襯托出綠葉豐滿肥厚，枝條強勁有力。清代有位詩人形容畫蘋果花，「香生玉靨輕含笑，最難描！風情無限，半晌卻停毫。」蘋果花美得讓詩人神魂顛倒，畫不下去，只好停下來，擲筆不畫了！

蘋果花是兩性花，同一朵花包括雄蕊和雌蕊。子房和柱頭屬於雌蕊，花葯和花絲屬於雄蕊。雖是兩性花，但自花授粉結的果，品質不好，產量不高，還是得靠昆蟲來異花傳播花粉。園裡蜜蜂很多，看牠們忙進忙出，一朵花要進出四、五次，我們不去打擾，確保蘋果花得到充分的花粉，才能結出好果子。北美紅蛺蝶鼓動橘中帶黑的翅膀，漂漂亮亮地在一旁飛來飛去，真正在做工的還是蜜蜂。

七月到十一月是結蘋果的季節，十月收穫最豐盛。樹梢剛剛結出的小果子，受光較強，很快變紅，一會兒就被眼尖的鳥兒叮啄了。一般蘋果的害蟲是蚜蟲、尺蠖和介殼蟲，我們的蘋果倒很健康，無病蟲害。有一年，忽然來了螞蟻雄兵，前撲後繼地湧向被鳥兒啄過的果子。外子細心地在樹幹靠地面處用膠布包住，上面塗黏劑，向上爬行的螞蟻被黏住，已經在樹上的螞蟻天黑氣溫降低，必須往下行，也被黏住，不能再去啃食受傷的果子。救了果子卻傷了樹幹，有些樹幹的基部開始腐爛。他又忙著治療樹幹。拿出治病的精神，工具一字排開，有的剪，有的挖，有的鋸，有的磨，有的鑽，有的刷，清除病灶後，再用肥皂水洗滌清潔，治療過後的樹幹恢復健康。隔年春天，新芽花苞再現，仍然結果纍纍。

樹梢高處的蘋果是留給鳥兒吃的，不去管它。我們要享用的，都得用尼龍透氣的網套包住保護，加州陽光太強烈，向陽處還得加一層紙袋，避免焦灼。我們是盡職的果農，在梯子爬上爬下忙著套袋。

愛吃蘋果的鳥兒紛紛飛來，怡然自得。看這些翩翩飛鳥，棲息枝條上，津津有味地吃果果，高興時好聲相和，唱歌回報。

可愛的小蘋果拿來燉湯。

風情無限蘋果花。

冠藍鴉在飽食蘋果後，叫聲特別嘹亮。嬌小的家朱雀、美洲知更鳥也是蘋果樹上的常客，有時單飛，有時成群。吃完蘋果，再吃昆蟲，增加蛋白質。

果園內易生雜草，不用除草劑和農藥，就得割除，以免搶奪果樹的養分。每年在果樹周圍鋪上約十公分高的有機覆蓋物，抑制雜草生長，減少水分蒸發，保護土壤流失，維持土溫均衡。覆蓋物分解後，土壤更肥沃，樹根更健康。

長得不好的蘋果會自己掉落，加上疏果摘下的小果子，它們有一個祕密的任務，埋進土裡，給自己生長的土地增加肥料。天生我才必有用，美味可口的果實自己吃，高掛樹梢的果果鳥兒分享，掉落地上的小果野鼠、野兔、郊狼品嚐。還有一些在地底，腐敗了，醣分讓土壤裡的微生物增生，培育出美好的果實。

日本有一位蘋果阿公木村秋則，在青森縣栽種蘋果。他堅持無肥料、無農藥的自然農法。任果園野草齊胸、蟲蛾橫行，九年沒有任何收穫，八百棵樹沒有開花結果。他並不是完全任其荒蕪，而是憑著傻瓜精神和堅強的意志力，嘗試各種自然的方法，讓蘋果樹向下扎根，終於種出香甜可口，摘下後，只會乾枯，不會腐爛的奇蹟蘋果。

他認為蘋果樹不是獨立生長的，它們生活在大自然中，必須和周圍的動植物，甚至微生物共存共榮，相互支援。所有的生命都和其他的生命有密切的關係。蘋果樹會自己找到出路，健康地挺立、開花、結果。蘋果阿公這種天人合一的精神和毅力令人感動落淚。

西果園裡的一棵蘋果樹可以見證這個理論。它前幾年都不太生長，結的果小又少，幾乎放棄了，隨它自生自滅。園丁在它的四周搭了鐵絲圍欄，攀附著百香果藤蔓。百香果生長迅速，很快就綠葉蔥蔥，果實豐碩，覆蓋過蘋果樹。它為了求生存，汲取泥土中百香果落葉的養分，努力往下扎根，爭取自己的空間，樹幹拼命向上生長，朝天空伸展，期盼陽光的眷顧，幾乎可以聽到它奮勇吶喊的聲音。今年終於又開花了，結出的果實是往年的三、四倍大。

木村阿公種出不爛的蘋果，我們家的蘋果摘下後也能維持數月不壞。有一年的十月底要出遠門，樹上蘋果豐收待摘，趕緊採下來，放進冰箱冷藏。回家後，仍然新鮮，一直吃到隔年三月。絕對有機，才能久放。

滿盆滿籃的果子，美噹噹、香噴噴。把它們擺上桌，鋪墊桌巾，搭配一把銀壺、一個盤子，加上一對燭台，這不就是保羅塞尚的靜物寫生畫嗎？

一八三九年法國出生的塞尚是後印象派藝術大師。「我會用一顆蘋果顛覆整個巴黎」是塞尚的名言。他一生創作了兩百七十幅靜物系列，畫的大多是蘋果。就像莫內的睡蓮，梵谷的向日葵，蘋果是塞尚的最愛。他在繪畫過程中，拿起又放下，看著投射的陽光，斟酌放置蘋果的最佳位置。蘋果的顏色豐富，不易腐爛，生命力旺盛，形狀適合，真實可觸，又有光澤。塞尚日復一日，看了又看，畫了再畫，用沒人用過的方法來畫蘋果。塞尚的蘋果震驚了西方藝術界，也征服了世界，更造就他成為現代繪畫之父。

蘋果可以吃，可以做畫，可以烹調，可以釀酒，可以製醋，用途廣泛。「一天一蘋果，醫生遠離我」，吃蘋果好處多多。

有一首美國兒歌：

蘋果在閣樓，
蘋果在大廳，
夏天的蘋果，
秋天的蘋果，
蘋果讓你健康，
蘋果讓你高大，
我要吃蘋果，
我會全吃光！

又是秋風送爽的季節，晨露沾草，蟋蟀夜語，隨風落葉。我們全副裝備準備蘋果秋收，要像小朋友一樣吃蘋果，吃出平安與健康。

獨能深月佔春風

和姊姊通電話，她有些懊惱，種在陽台的盆栽山茶年年花開，今年卻看不到花苞，沒有絲毫要開花的跡象。只知道她心愛這株山茶，一談到它，滿心歡喜。每天早上用隔夜茶水澆灌，擦拭。有幾個花苞，開幾朵花了，娓娓道來，隔著太平洋都可以感覺到她的喜悅。

不知為何，她竟然沒有拍照。我問她，什麼顏色的花，花朵多大，有沒有香味？她說，紅色，外圈顏色偏向粉紅，內圈比較深紅。喔，好像又有點白，帶一絲絲紅。我只能憑想像，問她，是「亮麗貴婦」嗎？是「鶴頂紅」？是「大瑪瑙」？還是「抓破美人臉」？最後這個名字是看金庸的小說《天龍八部》學到的，白色花瓣有一絲絲紅條紋，像美人被抓破的臉，十分傳神。她通通不知道，我也只是和她胡謅亂道，東猜西講，說了半天，仍然不知道那株山茶花的樣子。

幫她想想為什麼今年山茶還沒有開花，我問，陽光不夠嗎？山茶花喜歡生長在較陰暗的地方，有的品種需要多一點陽光。她的盆栽剛換了位置，也許日照時間不足。養分太少嗎？茶水有植物生長需要的氮離子，當作養料，仍嫌不夠。告訴她，想要山茶開花，應該添加磷鉀肥，促使花芽分化形成花蕾，增加花苞的數量，是開花的重要關鍵。盆栽已經多年，是不是該換大盆、修剪根了？花盆裡每年需要增添一些酸性泥土或腐殖土，再加點底肥。她聽得一頭霧水，我說，最簡單的方法，就是加些有機肥料，可以滋養根系，補充土壤的養分，促進枝條葉片生長，更能增加開花的機會，還開得久、開得美。

但願她的山茶趕得及今春開花。家園裡的山茶已經開得滿樹花朵，滿地落花。依照往年的例子，一月到三月是盛花期，開到花時過，大約是五月了。

山茶是常綠灌木或小喬木，家裡這幾株包括兩者。品種不同，花期也不太一樣，從十一、二月就有桃紅色的先開花了，接著紅色、粉紅色、白色陸續地開放。幾乎可以說，從飛雪季節到三春之暮，花開不斷，長達半年之久。南宋詩人陸游的詩中寫道，「雪裡開花到春晚，世間耐久孰如君？」耐久正是山茶花的特色之一，年深月久，賞花季長，歷經桃李飄零，玫瑰凋謝，它在冰雪嚴冬中怒放，在細雨無人時獨來，直到暮春，仍在風中招展。

最早開花的那兩株，嚴格說來是山茶花（Camellia Japonica）的表親，都是山茶科山茶屬，名字叫做「茶梅」（Camellia Sasanqua）。有人說茶梅花長得像梅花，故名之；也有個說法是，花期和梅花同時，就叫做茶梅。

從茶梅可以看出，它們的身高體型比起其他幾株，矮小寬胖，屬於灌木；另外幾棵山茶是小喬木，高高瘦瘦，已長到一層樓高。茶梅的花和葉，相較山茶，小號了一些。茶梅入秋就先開花，直到冬季；山茶晚了一兩個月，大約在初冬綻放，直至春末。

最明顯的不同是凋落的方式。茶梅花謝是一片片花瓣自自然然、零零散散地飄落到地上，有一種依依不捨的留戀感。山茶花盛開時，毫無預警，絕不猶豫，整朵脫離花托，砰然一聲從枝頭掉落下來，花型色彩仍然完整美好，像是義無反顧，壯烈犧牲，轟轟烈烈。枝上單獨留下的花托，孤零

天香山茶香冠群芳。

秀色未饒三谷雪。

零地，好似人去樓空。賞花的人看到此景，往往會嚇一大跳。

我最喜歡讀張愛玲形容山茶花落的那幾句話：

「有一種花是令我害怕的。
它不問青紅皂白，沒有任何預兆，
在猝不及防間，整朵整朵任性地魯莽地不負責任地骨碌碌地就滾了下來，
真讓人心驚肉跳。……」

這樣的花落鏡頭令張愛玲害怕驚嚇，日本武士也不喜歡。階前墜花的畫面令人惆悵，有如武士壯烈廝殺，不眷戀生命、悲愴淒美的精神，充滿凋零傷感。日本有一個俳句就是：「椿花落了，春日為之動蕩。」日本人稱山茶花為椿花（Tsubaki），茶梅才叫做山茶。

其實椿花落了，乾淨利落，不拖泥帶水。一朵朵離開枝幹，墜落在地面，仍然完美如昔，還能讓人欣賞幾天它的美麗。

日本文學家川端康成寫山茶花，說它是一種非常頑固的花，滿山遍野怒放。他正月旅途中路過，曾向花叢頻頻投擲石子，想把花朵打落下來，沒有成功。四月故地重遊時，卻見花朵依然綻開。於是又投石子，這次就見到花朵紛紛飄落下來，順著溪水流逝。

從這段文章可以感覺到，野山茶孤獨寂寞地長在荒郊溪邊，風摧雪殘下，頑固但堅強健康，不

容易被擊落打垮。花期又長，一月到四月，他兩次路過都與它們相逢。到了四月，花季接近尾聲，一被石子擊中，就紛紛落下。大自然的美，野山茶的真，隱藏著作者孤寂的心境。

山茶花在中國的歷史悠久，三國蜀漢時期已記載在《花經》裡，到了隋唐時代更普遍栽種在宮庭、廟宇和平民百姓的庭園。西元一四〇〇年，日本從中國引進許多山茶的品種，到了十五世紀，豐臣秀吉特別喜愛山茶花，在各地普遍栽植。日本民眾也非常喜歡，和櫻花一樣受歡迎。在重要場合，像茶道、祭典都會用上。

到了十七世紀末，英國傳教士將山茶花帶到歐洲，植物分類學家就按他的姓氏Kamel給山茶花的學名定為Camellia Japonica，Japonica是日本，西方人錯以為山茶源自日本，印象中就把山茶和日本連結在一起，到現在世界各地都如此通用，想要山茶認祖歸宗大概是改不了了。不過多年來日本人大力推廣和栽培山茶花，也賦與一些文化內涵。十八世紀山茶引進美國，大受喜愛。

山茶花是花中神仙，迷倒歐洲人。三百多年前，貴族種在莊園裡爭妍，成為顯貴的榮耀；一八四八年法國作家小仲馬寫進世界文學名著《茶花女》裡，稱頌無私的愛情；一九六〇年開始，山茶花走進香奈兒時尚品牌最經典的設計。當時時髦的男士會在外衣領片別上一朵山茶花，高尚優雅。Coco Chanel的無限創意，開啟了用山茶花的完美和諧帶入各種設計，從頭到腳，從珠寶首飾到鞋帽皮包甚至婚紗，大小顏色材質都有。許多女性朋友擁有不同的山茶花系列產品。

山茶自然野生狀態的品種有三，前面提到了山茶和茶梅，第三種是滇山茶（Camellia Reticulata），原生地是中國雲南。當地氣候溫暖潮濕，適合山茶生長，花朵相當巨大。明代旅行家徐霞客寫了一篇日記，首句話就說，雲南的山茶花最奇特，花團大如碗，花瓣聚攏像個球。這個品種怕冷，較少看到。

人工栽培成為觀賞花卉的山茶品種有三千多，枝幹平滑灰褐，橢圓葉片墨綠光亮，花瓣形狀有單瓣、重瓣、牡丹花型、玫瑰花型、銀蓮花型。單瓣的清秀，重瓣的豔麗。顏色紅、白、粉紅最普遍，黃色、紫紅色、雙色、混色、斑紋、條紋的也不少。古詩人讚嘆紅山茶，猩紅點點雪中葩；白山茶，秀色未饒三谷雪；粉紅山茶，別有輕紅暈臉霞。

五歲的小亭利來家裡玩，我讓他摘一朵山茶花送給媽媽。他左看右看，挑了一朵淡淡粉粉，象牙色加上粉紅色，粉嫩柔美的花，蓬蓬鬆鬆的，花瓣有層層波浪狀的卷邊，大約三十片，中心一叢花蕊是金黃色帶點淺褐色，花徑約四英寸，有點像牡丹花型，端莊秀麗，又含羞嬌媚。

他握在手裡，想了一下說，「聞起來好香喔。」小亭利要送給媽媽的這朵山茶花，名字是「香妃」，又名「天香」。天香是目前世界上少有的帶香味的山茶花，可以說是香冠群芳。似茉莉花的清新淡雅，又帶有一絲絲玫瑰的幽遠舒適。山茶花美中不足的就是缺少香氣，天香補足了這點小小的遺憾。

我笑著向小亭利說，「你真聰明，選得真好，媽媽的小名叫香香，你挑了一朵香妃送給她。」他可能聽不懂我在說什麼，看媽媽那麼高興地聞著香花，他十分得意。

香妃、天香，也有人叫它醉香。它的氣味可以幫助睡眠，使人心情放鬆愉快，還有殺菌作用，並且能吸收空氣中的甲醛，是綠化環境的優良品種，也是我隨手剪下的花材。一朵放在盤裡，不嫌

猩紅點點雪中葩。

別有輕紅暈臉霞。

單調，一大束放在木盒裡，素雅沁香。

我們栽種了幾株天香，都長得高過屋檐，花苞更是豐富，幾乎每個枝條都有花開，而且還是並蒂。每當謝了一朵掉落，我就掐掉留在枝頭上的花托，並蒂的另一朵花會開得更大更美。一株山茶樹有上百朵山茶花，持續綻放，直到春末。

這片山茶花床的旁邊，擺上一座石燈籠和一塊布滿綠色蘚苔的巨石，陪襯的是盛裝雨水的青花瓷缸，黑色鵝卵石平鋪在泥土表面。自然風情中，兼具一點東方色彩韻味。

花開時節，正值隆冬春寒，其他植物休眠期，山茶盛開的花叢中經常見到蜜蜂和蜂鳥來採蜜。青花瓷缸裡住著幾隻青蛙。聽蛙躍的濺水聲，看蜂鳥羽毛上的閃爍異彩，欣賞蜜蜂進出忙碌的樣子，生機盎然。

山茶是許多畫家繪畫的題材，工筆或寫意，勾勒或沒骨，形似或傳神，都畫出它最能持久，越開越盛的品格。山茶可以說是具松柏之骨，挾桃李之姿。畫中往往伴隨著畫眉、八哥、錦鯉、蟋蟀當配角，等待青蛙和蜂鳥受到畫家青睞，進入畫裡。

山茶可以用播種、扦插、嫁接、壓條等方法繁殖。想在花園裡擁有一株山茶花，自己培養，或去苗圃購買，千萬別像唐朝詩人盧肇的朋友，愛花淪為偷花賊。盧肇寫過一首詩，讀了不禁啞然失笑。

〈新植紅茶花，偶出被人移去，以詩索之〉：

嚴恨柴門一樹花，
便隨香遠逐香車。
花如解語還應道，
欺我郎君不在家。

詩人新栽培的紅山茶花正盛開，偶爾出門，就被朋友偷走了，趕緊隨著花香去追逐。花如嬌妻，趁夫君不在家，被人搶走，怎麼得了。希望不會遇到這種愛花雅賊，更想知道，這位風趣的郎君是否成功地追討回他心愛的嬌妻。

玫瑰物語

男孩看見野玫瑰，
荒地上的玫瑰。
清早盛開真鮮美，
急忙跑去近前看，
愈看愈歡喜。
玫瑰　玫瑰　紅玫瑰，
荒地上的玫瑰。

這首〈野玫瑰〉是小時候經常唱的歌。歌曲旋律輕快，背後有一段感人的故事。奧地利音樂家舒伯特有天巧遇一個小男孩，衣衫襤褸，手裡拿著本舊書要出售。舒伯特同情地買下書，一看竟然是德國詩人歌德的詩集，隨手一翻，就看到〈野玫瑰〉這首詩。詩意優美動人，觸動了舒伯特的心弦，不斷湧出跳動的音符，於是一首膾炙人口，流傳世界至今的歌曲，就此誕生。一七七一年，二十二歲的歌德寫了〈野玫瑰〉，一八一五年，十八歲的舒伯特為之譜了曲，真是天作之合。

野玫瑰是我認識的第一種玫瑰。當時年紀小，愛音樂的老師帶著我們去遠足，對著空山曠野，

佳名誰贈作玫瑰。

晴空萬里，師生高歌一曲〈野玫瑰〉。歌聲在山谷盪漾迴旋，愈唱愈歡喜。

要分類玫瑰，實在不容易。我們栽種玫瑰花的日子已久，真要細數它的歷史、品種、區別及來龍去脈，常常不知如何開始，只有打個哈哈，道一句「說來話長」。

玫瑰花栽培者根據植物學和進化過程，把它們分為三類：

「野玫瑰」，是最原始的物種玫瑰。

「古老花園玫瑰」，指的是一八六七年以前就存在的玫瑰。

「現代玫瑰」，一八六七年還不存在的玫瑰。

考古學家從三千五百萬年前的化石，發現玫瑰的印記，証明它亙古存在的痕跡。最初的第一朵玫瑰花開在哪裡？卻無從得知。北極圈附近曾有過它的蹤跡，南半球卻從未出現過，野玫瑰是後來所有玫瑰的起源。自然隨意地生長在野地，四到八片單層花瓣，花叢可以高達十多英尺。野玫瑰大約有一百五十幾個不同品種，半數以上來自中國，年代久遠，可以上溯至西元前五百年。通常是用首先發現的人的名字，或是發現的地方命名。家園裡有一株華西玫瑰（Rosa Moyesii），是從中國傳到歐洲的一種野玫瑰。五片豔紅色的心型花瓣，花蕊是黑色夾著金色，雅緻精巧，像中國書法，揮灑自如又抒情清幽，每年初夏開一次花。

中文裡的玫瑰、月季、薔薇，都是薔薇屬的植物。它們的枝條、葉片、花朵、神韻、姿態、香味都不太一樣。英文一律稱為玫瑰（Rose），花中皇后，外表美麗，名字也動人。古詩人曾驚嘆地

花中皇后，典雅高貴。

待摘玫瑰，飛下粉黃蝶。

說，「佳名誰贈作玫瑰」，誰把它取了這麼好聽的名字啊？莎士比亞的劇本裡說，玫瑰就算換了另一個名字，聞起來仍然一樣甜蜜。中外文豪一致讚美玫瑰。各種玫瑰花有不同的大小、形狀、顏色和香氣，莖、葉、刺也不盡相似。

古人欣賞玫瑰花的詩詞很多，「窗前好樹名玫瑰，去年花落今年開。」，「楊柳縈橋綠，玫瑰拂地紅。」，「折得玫瑰花一朵，憑君簪向鳳凰釵。」，「待摘玫瑰，飛下粉黃蝶。」

詩詞中的景象如在眼前，好像看到了豔麗芬芳的紅玫瑰，微風中輕拂地面，招引了粉蝶黃蝶。有的玫瑰粗壯如樹，有的玫瑰攀爬架上。有位人妻採摘了一朵玫瑰花，撒嬌地要求夫婿簪插在自己的髮際中。玫瑰花帶來了愛和美的訊息。

南宋詩人楊萬里比較科學理性，他寫〈紅玫瑰〉：

「非關月季姓名同，不與薔薇譜牒通。

接葉連枝千萬綠，一花兩色深淺紅。」

八百多年前，詩人沒有物種的概念。他觀察入微，注意到玫瑰、月季、薔薇有不同族譜，貌相似又無瓜葛，各自風流，別具特色。他提到一花兩色，讓我想到一種流傳到歐洲的「China Rose Old Blush」，就是深紅夾雜粉紅的古老玫瑰，在中國有超過一千年的歷史，也是最早傳到西方的中國玫瑰。

楊萬里還當起園藝家，教人種花。他寫道：

「月季元來插得成，瓶中花落葉猶青。」

這不就是我們每年早春，玫瑰休眠時做的事嗎？花謝凋零，把每株玫瑰叢修剪掉三分之二，剩下的主幹大約離地一呎高。剪下來的枝條挑選整理，扦插在培養土裡，培育出一株株新的玫瑰。詩人看到培植成功，小小的花苞初現枝頭，雙眼一亮，興高采烈地寫道，「小朵忽開雙眼明。」我們也有同感，一日看三回，就盼望扦插順利，冒出嫩芽，育苗成功。

從詩人的描述，可以知道玫瑰已經由荒郊野外進入人家庭園。世界各地，從東方到西方，從古老的埃及、波斯到羅馬帝國，玫瑰處處受歡迎，當年的羅馬帝國有兩千多個玫瑰花園。歐洲中古世紀的修道院，培植大量的玫瑰花，主要是做為藥用。玫瑰花瓣和玫瑰果都廣為應用在醫藥上。

任何花園，不論大小風格，只要種了玫瑰，馬上增添幾分姿色，和各種植物調和交融，不覺得突兀。園裡低矮的黃楊灌木圍籬，分隔出一塊塊玫瑰花叢，當中矗立著白色大理石女神雕像，我們挑選幾株野玫瑰種在雕像四周，枝枒自然地伸展，軟硬平衡。我經常在圍籬上跨進跨出，修剪開過的花朵、乾枯的敗葉、瘦弱的枝條和逆向生長的細莖，拔雜草、添肥料，維持一定的高度、寬度和形態。每一株看來都健康茁壯、生長旺盛，沒有任何病蟲害。女神高高在上看著，監督我照顧玫瑰是否夠力。

女神和我們都無能為力的是，防止野鹿來訪。玫瑰多刺，嚇不倒野鹿，還是牠們的最愛。有一次出門幾天，行前看著數千朵花苞待放。回家一看，已經被吃個精光。正好是母親節前夕，只能苦笑說，牠們也要慶祝母親節，就讓牠們吃個痛快吧！

我們試過各種防鹿吃玫瑰的措施，超音波感應器、液體噴射器、隱形圍牆，通通無效。野鹿討厭一種肥皂的強烈香味，成為祕密武器。一根根細棍插上鮮綠色的肥皂，另一頭打進土中，分散在玫瑰園裡。友人來訪，不知所以然，以為是現代裝置藝術。

有人稱「古老花園玫瑰」為傳家寶玫瑰或古董玫瑰。這類玫瑰大多只在春天開花，一年開一次。花開過後，會結玫瑰果，金黃、橘紅、緋紅，漸漸轉為深褐到黑色。園裡有四株樹型玫瑰就是此類，圓圓滾滾的玫瑰果是另一種美景，通常留下來給鳥兒吃。玫瑰果油可以抗衰老、增強免疫力、修復皮膚，是從古埃及以來，人們經常使用的一種自然療法。古老花園玫瑰的香味非常濃郁，走進盛開的花叢間，芬芳散溢，令人沈醉。

兒子青少年時，到英國求學。我經常飛去看他，住在倫敦近郊的小客棧。有一天早餐後，隨興在附近小路散步。路旁有高高低低、層層疊疊的灌木樹籬。沿著樹籬漫走，一股清香飄浮在空氣中。馥郁的香味越來越明顯，越聞越舒適。再一看，不遠處是一間典型的英國鄉下農舍。古老的紅磚牆，地上是年代久遠的灰黃石板路。路邊樹籬連接到農舍的玫瑰樹叢，綿延到農舍門口。古舊的木門、暗黑的長椅，繡紅色的羊茅草，處處是年代久遠的痕跡，襯托著古老玫瑰的曼妙姿影。深淺不同的粉紅色，當中穿插著毛地黃和魯冰花，粉白淺紫，錯落有緻，美得令人屏住呼吸。

回到客棧，當地人告訴我，那些玫瑰中，淺粉紅的是中國月季，比較精緻，枝幹較細，香味也較為清淡，月月花開，四季不斷。香味明顯濃厚的是法國千葉玫瑰和大馬士革玫瑰。那次的無心之

贈人玫瑰，手有餘香。

旅，欣賞到古老花園玫瑰的動人之處。

十八世紀以前，東方和西方各自發展自己的玫瑰。西方古老的玫瑰多是粉紅、乳白、桃紅色，沒有黃、橘和深紅色。東方玫瑰的顏色很多，花開持續。中國玫瑰傳到歐洲，西方遇到東方後，改變了玫瑰花的面貌：色彩更豐富，五顏六色，除了藍、黑；一年開花多次，花季長了；惱人的花刺也少了。

比利時畫家和植物學家皮埃爾．約瑟夫．雷杜德（Pierre-Joseph Redouté，一七五九年至一八四〇年）是提供後人最多古老玫瑰圖畫和資訊的人。他被稱為「花之拉斐爾」，一生只專攻畫花一件事，尤其是玫瑰花。他的玫瑰圖譜裡畫著一百七十種玫瑰花，畫得非常科學又唯美，堪稱為玫瑰寶鑑。世界各國以各種語言出版了兩百多種版本，我收藏了四本，愛不釋手。他畫的每朵玫瑰神采各異，畫筆鉤勒出片片花瓣、細膩精緻的花蕊，花苞上密密麻麻的絨毛、有條不紊的葉脈，還有成百上千的花刺，令人嘆為觀止，佩服他的知識、毅力和畫功。

西元一八六七年，第一朵人工培養出來的雜交玫瑰誕生在法國苗圃，取名「法國玫瑰」（La France），是現代玫瑰的先驅。接下來，全球各地的玫瑰培養專家，開始如火如荼地進行各個品種的培育。到了二十世紀末，已經有超過一萬種現代玫瑰誕生。

現代玫瑰的選擇性很多。我們的多是裸根栽種，運來時根部不是在土裡，而是用木屑填充物包裹。愛花的人可以根據自己的需要，挑選單枝一花或一枝多花，單瓣或複瓣，淡香或濃香，大花或小花，單色雙色或混色，攀爬牆上或覆蓋坡地，耐酷寒或耐高溫，盆栽或種地。現代玫瑰可以開過秋冬，直到初春休眠，夏初再度盛放。不會像愛爾蘭民謠〈夏日最後的玫瑰〉歌詞，獨自留在枝上，孤獨地開放，歎息悲傷夏日已去，同伴死亡。

家有玫瑰，十分便利。插花送禮布置，隨手剪來就有。婆婆在世時，家人慶祝她的九十大壽。我和兒子為了確保花朵處於最佳狀態，晚宴前才到園裡剪玫瑰。每個大花瓶裡插滿近百朵各色長莖玫瑰，那是五月玫瑰盛開的季節，採自家園，情意更深。

前些時，有文件需要簽字，相關人員到家服務，我們坐在園中桌椅進行。年輕人解釋文件時，眼睛不停地瞄向玫瑰花園。事情處理完，我遞給他一把剪刀，一個水桶，先示範剪玫瑰的技巧，請他自己去剪。他靦腆一笑說，他的女友最愛玫瑰，尤其是黃玫瑰。我說，你的運氣真好，有一株大衛・奧斯丁（David Austin）的黃玫瑰正盛開，燦爛明媚，濃郁茶香，十分珍貴。他開心而去，我覺得贈人玫瑰，手有餘香。

玫瑰花名多到令人眼花撩亂。原則上是由培育出玫瑰新品種的人來決定，像大衛・奧斯丁是玫瑰培育專家，他常用家人的名字為新玫瑰命名。非常出名的玫瑰花「和平」（Peace），是一九四五年紀念第二次世界大戰結束改的名字。當年聯合國成立，各國代表都帶回一枝和平玫瑰回自己的國家。這種玫瑰的中心是乳白淺黃，花瓣外緣鑲上一圈粉紅，三十多片花瓣，典雅高貴，被公認為是最美的玫瑰。

玫瑰是花中之后，白玫瑰素雅，紅玫瑰嫵媚，黃玫瑰清香，純潔完美，溫馨甜蜜，人人愛玫瑰。

玫瑰花開不斷。

國色天香牡丹花

兒子曾在日本東京工作。我們去看他，一到達公寓大門，就被大廈門外栽種的花朵吸引住。桃紅、絳紫、鵝黃、潔白的一叢叢牡丹花正盛開，趨前近看，綠葉扶持下，牡丹更嬌艷，幽香撲鼻，徘徊流連花叢間，真是賞心樂事。

搭電梯上樓，我開心地邊走邊哼唱著一首台灣歌謠〈白牡丹〉，記得的歌詞七零八落，旋律倒還沒忘：

白牡丹笑呅呅，妖嬌含蕊等親君。
無憂愁無怨恨，單守花園一枝春。
啊！單守花園一枝春。

白牡丹白花蕊，春風無來花無開。
無亂開無亂美，不願旋枝出牆圍。
啊！不願旋枝出牆圍。

白牡丹等君挽，希望惜花頭一層。
無嫌早無嫌慢，甘願予君插花瓶。
啊！甘願予君插花瓶。

陳達儒作詞，陳秋霖譜曲的這首歌，一九三六年創作。唱出清純無邪的青春少女像白牡丹一樣，高雅端莊，冰清玉潔，又儀態萬千，妖嬌媚麗。但含蓄矜持，謹守本分，春風無來花無開。無憂愁無怨恨，不亂開不亂美，不嫌早不嫌慢，在花園裡靜守等待，不輕狂嬌縱，更不會逾越分寸，絕不旋枝溜出牆圍外。

在東京停留的那幾天，櫻花已漸凋謝，即時趕上「春季牡丹祭」。久聞洛陽牡丹花會的盛況，一心嚮往「洛陽地脈花最宜，牡丹尤為天下奇」，可惜還沒有機會去欣賞。東京的牡丹展很可愛，一把把油紙傘撐開，靠著花株，保護嬌貴的牡丹花。曾經看過牡丹用稻草圍欄遮蔽，像一個個尖頂的小茅草屋，擋住冬日的冰雪，等待春天的到來，更顯出牡丹的雍容華貴。

牡丹花（Peony）的原生地是南歐、地中海區域、小亞細亞、喜馬拉雅山區，一直到中國、東俄羅斯。原來是生長在荒郊的野花，有三、四十個不同的品種。只要冬季夠寒冷，夏天雨水充足，它就能存活。地中海型氣候適合野牡丹生長，包括美國西部山區地帶。

作夢也沒有想到，我們的家園裡，竟然出現野牡丹的芳蹤，就長在池邊山坡上。去年冬天至今春，天氣嚴寒，雨水充沛，野牡丹長得更加茂盛濃密。每次爬上坡，驚呼連連，「哇！這裡又多長

加州牡丹，低眉垂眼。

國色天香，高雅端莊。

出一叢了！」它的名字是加州牡丹（Paeonia Californica）。

這一片東西走向的陡坡，較少利用，平常多在坡下活動，任由雜草灌木在坡地上亂長。前幾年才逐漸往上清理開墾，兒子順著坡度，鋪設了層層石階，方便我們拾級上下走動。一個春天的早晨，我穿上登山鞋，攜帶鋤剪鐽耙，爬上高坡工作，驀然發現加州牡丹竟長在我家！而且是一叢叢一簇簇，數目可觀，輕緩擺盪在空谷。

它的周圍長著開白色小花的野黃瓜藤蔓，蜂鳥喜歡的紅色倒掛金鐘和紫色馬鞭草，爬在地上開紫花的小蔓長春花。高高在上的接骨木樹，張開臂膀，用濃蔭為它們抗強風擋烈陽。置身其間，加州的原生植物齊聚一堂。我小心謹慎地清除枯莖敗葉、凋殘枝幹，讓這片野坡更加青翠碧綠。席地一坐，各種清新的草藥味撲鼻，坡下池塘的淙淙流水聲，溪溝翻湧的滾滾聲，風擦樹葉的窸窣聲，加上眾鳥齊歌，蛙鳴蟲叫，魚躍雀歡，這是最動聽的綠色噪音，世俗煩憂一掃而空。

加州牡丹喜歡鬆軟肥沃的泥土，長在陡坡，排水迅速，南加州夏天乾燥酷熱，冬季多少有一些寒冷的日子，園裡這片坡地完全適合它的生長環境。天時地利，野生的加州牡丹長得蔥蔥鬱鬱。

大約晚秋到冬雨開始下時，掌狀的綠葉先冒出來，三月初逐漸開花，一直開到五月，進入夏眠。植株約二．五英尺高，花朵低垂著頭，含羞答答，好像怕人注意到它的存在。大約十片單瓣花朵，顏色一分為二，基部暗紅幾乎近於黑色，前端絳紅，中心的花蕊是黃金色，色彩不特別鮮豔奪目，但耐看迷人，一眼望去，輕擺點頭的花朵，碧雲似的綠葉，不由得暗自驚讚不已。

年年春日野花遍地，一季接一季，罌粟花、魯冰花、猴子花、飛燕草，紛紛綻放，色彩斑斕，熙來攘往都是賞花人。加州牡丹褐紅絳黑，低眉垂眼，柳腰款擺，不爭妍鬥豔，像純樸的村姑，較少人賞識。有一群人別具慧眼，尤其是原生植物愛好者，鍾愛野牡丹的荒山絕世姿色，會指點迷津，製作地圖，點出它們的位置，通常是中加州往南的海岸，讓有心人去玩尋寶遊戲，在草原林地、山谷曠坡尋找加州牡丹。

有人建議，在生長加州牡丹的野林，舉辦婚禮。新娘手捧雪白牡丹花束，配合背景暗紅加州牡丹，黑白分明，強烈對比，有如古老電影的戲劇效果，祝新人幸福美滿，天長地久。

加州牡丹雖不稀有，的確是寶。整個北美洲只有兩種野生牡丹，它是其中之一。野生牡丹多是單瓣花朵，能看到複辦、重瓣的花，比找到四葉酢漿草更幸運。

曾經在舊家種過幾株牡丹花，氣候不對，都沒有成功。加州牡丹在家園成片地自然生長，不需栽培照顧，得來毫不費功夫，更令人珍惜喜愛。

牡丹從野地進入庭園人家，可以追溯到三千年前，中國春秋戰國時期。《詩經》裡有一段描述，少年男女結伴去踏青，一路上打情罵俏，互相贈送牡丹花。「維士與女，伊其相謔，贈之以芍藥。」這裡的芍藥是木芍藥，也就是牡丹，是愛情的象徵。

牡丹和芍藥在植物學上，都是芍藥科芍藥屬。芍藥屬又分成草本植物和木本植物。草本名字就稱為芍藥，木本稱為牡丹。明朝李時珍《本草綱目》記載牡丹名字的由來，「根上生苗，故謂之牡，其花紅色，故謂丹。」可見最初以紅色牡丹為主，根為藥用，花做觀賞。

相傳隋煬帝很喜歡牡丹，找來栽培牡丹的高人，把花嫁接在大樹上。成活後，牡丹花長在高達幾層樓的樹梢，他就可以站在樓上，直視地欣賞，稱做「樓台牡丹」。

牡丹花朵碩大，有富麗堂皇的氣派，被譽為花中之王，天下無雙，是人間第一香。唐朝詩人劉禹錫讚美牡丹是唯一真正的國色天香，他偏愛牡丹，特意貶低芍藥，認為它「妖無格」，妖嬈豔麗卻缺乏風骨，這就見人見智了。

白居易寫買牡丹花的情節非常精彩。暮春時，富貴人家笑語歡呼、車馬雜沓，招朋引伴，揮金如土地高價買花。珍貴的牡丹花上面用幄幕遮庇，周圍用籬笆保護，水灑花葉維持濕潤，泥封根莖防止鬆散，用最高規格款待，從遠處運送到京城，依然新鮮美麗。一百朵紅牡丹的價格相當於十戶中等人家一年的賦稅。難怪貧寒的田舍翁看了，低頭長嘆，心懷不平。

《鏡花緣》書中，有一段描寫女皇帝武則天想去上林苑御花園賞花，揮筆下令眾花須當夜開放，供她次日去欣賞。第二天早上百花齊放，唯有牡丹尚未開。武后大怒，吩咐架柴燒烤。不久接到通報，牡丹已含苞待放。她開懷大笑，撤去炭火。霎時，牡丹盛開，包括那些被炙烤過的。這就是傳說中的「枯枝牡丹」，也有人說是「焦骨牡丹」，不過武則天怒氣未全消，牡丹被貶去洛陽。

洛陽的氣候和土質很適合牡丹生長。唐宋人特別迷戀牡丹，稱之「花王」，是身分地位，帝王之家的象徵。歐陽修寫了《洛陽牡丹記》一書，鉅細靡遺地記載洛陽牡丹的名字、品種和特色，及栽培技術和觀賞風俗。

那時很多人費心培養牡丹，有魏姓人家種出紫花，姚氏人家養出黃花，十分珍貴，後來「姚黃魏紫」就當作牡丹花或名貴花的通稱。

和牡丹同科同屬的芍藥，永遠身居第二。牡丹是王者花，芍藥只配稱宰相花。牡丹花朵直徑大約二十公分，芍藥花朵較小，大約十五公分。牡丹每個花枝頂端僅生長一朵花；芍藥則是單朵或數朵頂生。牡丹的葉片較寬厚，形狀像鴨掌，顏色黃綠；芍藥的葉形狹長呈橢圓狀，顏色偏深綠。牡丹是木本，落葉之後根莖不會枯萎；芍藥是草本，落葉之後根莖也枯死。花期相差半個月左右，牡丹四月上中旬開花，芍藥接著兩星期後才開。

西元八世紀，日本平安年代，牡丹從中國傳到日本，同樣地大受歡迎。後來文人雅士寫道，「書齋桌上紅樓夢，庭前芍藥花正開」，「無客造訪，悄然寂靜，牡丹乍現」，愛花愛美，四海皆同。

歐洲是牡丹的原生地，真正進入庭園已經是十九世紀初，從中國傳來的品種。比較不同的是，東方人愛牡丹，西方人愛芍藥。西方人拿芍藥做切花，用於花卉裝飾，像插花或花束，後來才都栽植兩者當做花園裡的觀賞植物。我有一本老舊的園藝書籍，一九六三年英國倫敦出版的《The Moutan or TREE PEONY》，詳細介紹牡丹在英國的情況。

美國人也喜歡牡丹，一九〇三年創立了牡丹協會，致力於推廣牡丹文化、教育、科學和欣賞樂趣，非常嚴謹又專業。

曾經有種過牡丹失敗的經驗，我們未再嘗試。直到和一家苗圃的專家聊起，他說，為什麼不試試看種伊藤牡丹（Itoh Peony）呢？我們依言種了兩株，都是黃色複瓣花朵，花叢約三英尺高。

牡丹和芍藥在植物學上是同屬，但不同組，這兩種植物要做人工混種，幾乎是不可能的夢想。日本的一位園藝專家伊藤東一博士經過失敗上萬次後，在一九四八年成功地創造出第一個組間

悄然寂靜，牡丹乍現。

伊藤牡丹，含苞待放。

混種的種子，以黃牡丹為父本，白芍藥為母本，培養出三十六株樹苗，過了十六年後，有六棵混種樹苗開出黃色亮麗的複瓣花朵。他這種鍥而不捨、耐心又堅毅的精神，令人敬佩。遺憾的是，伊藤博士於一九五六年去世，沒有親眼見到他努力的成果。尚可安慰的是，這個混種就以他的姓氏命名為「伊藤牡丹」。

一九六〇年代後期，伊藤牡丹在美國開始種植出售，十分轟動。它具有木本和草本雙親的優點，植株更健康，花色更亮眼，售價也高，聽說當初一株高達一千五百美元。如今栽培得多，已經是很親民的價格。

我們的伊藤牡丹已經含苞待放。春雨不斷，時而雨點大如豆，時而雨絲細如綿，洗刷得牡丹更乾淨透亮。清涼入花骨，它們卻毫無怯意，顯出柔弱又堅強。霏霏雨露中的牡丹，清妍美好。不論是自然野生的加州牡丹或千錘百鍊造就成的伊藤牡丹，都如此優雅大方，明麗動人。

凌波仙子

今年的元宵夜很不尋常。不同於辛棄疾詞中描述的「東風夜放花千樹，更吹落，星如雨。」元宵節一盞盞的花燈，像東風吹散了千樹繁花，煙火紛紛，如雨般落下。沒有料到南加州氣候遽變，日落前還只是細雨綿綿，瞬間狂風暴雨，閃電打雷，接著鋪天蓋地而下的是彈丸似的冰雹。隕雹飛霜加上滂沱大雨，像炸開似的傾盆倒下。黑漆漆的花園泥地上覆蓋了一大片銀白的冰雹，景象奇特。平日安靜的夜晚增添了乒乓作響的聲音，如驚濤駭浪，來勢洶洶，讓人無心去想花燈、猜燈謎。

心裡嘀咕著，纖纖細弱的水仙花大概不堪重擊了。雖說花開花會謝，有生必有滅，美麗的花朵總有凋謝的一天。但在這種驚天動地似的冰雹陣仗下，似乎有灰飛煙滅的壯烈感。

節氣還是大寒時，水仙花開始綻放。通常園裡的梅樹開花，就可以預見接著是水仙了。到了立春，已經在山腳下形成一片雪白中帶金黃的花海。山腰上的布穀鳥咕咕啼叫，成群珠頸翎鶉悠遊其間，開心地發出短促音節的鳴聲，告訴我們春天的腳步近了。

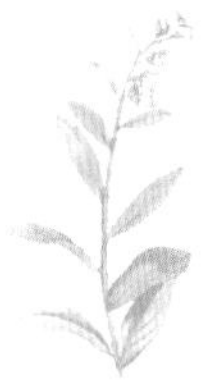

中國水仙是農曆春節重要的擺飾。往年除夕，父親將盛開的水仙花枝連著鱗莖，小心翼翼地擺進淺盆的花器裡，用白色小鵝卵石固定，清水滋養，一塵不染。他又在每株花梗上，環套著細長的紅紙，清幽雅致，增添了新歲瑞兆，吉祥喜氣。養一盆水仙，是父親對故鄉的懷念。

今年春節，我從花園剪了一大束水仙花，簡簡單單地插在玻璃水瓶裡，旁邊添加了連枝帶葉的一口橘。潔白素淨的水仙花配上迷你可愛的小橘子，帶來吉利美好、團圓相聚的寓義。放在室內，芬芳濃郁的花香飄散，沁入心脾。

園裡樹木栽種完成後，我們挑選了一個區域培養球根植物，包括中國水仙、西洋水仙和小蒼蘭。它們開花的時間錯開，中國水仙先開花，接著是小蒼蘭，最後是西洋水仙。秋天是種球根的季節，栽植的寬度和深度要適當。球根栽種工具明確標示數字，大約圓周三吋，深度四吋，逐個順勢壓下，不會種得太深或太淺。

一個個中國水仙球根埋進土裡後，從鱗莖下頭發出細根、成長、擴展、向四面八方蔓延。幾年後，連成了一大片。每年一月中到二月初，葉芽先露出土，接著抽生出花箭，開出美麗的花朵。窄窄的水仙葉片挺拔碧綠，娉娉婷婷的花梗比葉子高一點，一支花梗上長著四、五朵，最多七、八朵花，花朵有六片白色花瓣搭配金黃色的副冠，素淡優雅，飄香四處，小小水仙園，別有天地，令人流連忘返。花期大約二十天左右。花謝以後，等六星期，或等到葉子變黃，剪掉莖葉，與地面平齊。整個夏季休眠，秋冬再度在地底成長，生出新的球根，等待來年早春花季的降臨。

球根植物有幾種，其中之一是鱗莖，就是莖有很多鱗葉，一層又一層，像洋蔥一樣包裹起來。水仙為石蒜科水仙屬的球根花卉，屬於鱗莖類，喜歡溫暖濕潤的氣候，日照足、水流暢、砂質壤土最適合生長。明朝的《本草綱目》裡提到，「水仙宜卑濕處，不可缺水。」我們種水仙的地方在山腳下，流水匯集。四周圍繞著幾株高大的落葉喬木。炎熱的夏天，茂密的樹葉遮擋住強烈陽光的照

奇石上的水仙花。

射。水仙不喜歡酷熱，大樹為它們遮陽降溫。秋冬來臨，紛紛落葉，在枯葉覆蓋下，又能保溫保濕。由初冬到暮春，光禿枝幹下的水仙又獲得充足的陽光。位置適當，環境協調，生長條件良好，水仙區域成為家園裡初冬到暮春中的一景。

有關水仙的最早記載是唐朝段成式的著作《酉陽雜俎》。唐朝國勢強大，當時的東羅馬帝國使者來訪，進貢了水仙花。中歐、南歐和地中海區域是它們的盛產地，可以推測中國水仙是外來歸化的植物，至今已有一千多年。

清康熙皇帝獨愛水仙，在案頭擺上，並寫下「騷人空自吟芳芷，未識淩波第一花」，責怪屈原只會空詠美人香草，卻不認識水仙才是天下第一花。宋朝詞人辛棄疾的〈賦水仙〉寫著：「靈均千古懷沙恨，恨當時，匆匆忘把，此仙題品。」靈均是屈原的字，辛棄疾責怪屈原寫〈離騷〉時，匆匆忙忙，忘了把水仙寫進去。其實他們都冤枉錯怪屈原了。兩千三百多年前那個時代，中國還沒有水仙花呢。

宋代栽培水仙的風氣盛極一時，喜愛它的文人墨客與日俱增。黃庭堅、楊萬里都有吟詠讚美水仙花的詩詞。黃庭堅到荊州做客時，朋友送了他五十支水仙，他才第一次看到這麼超凡脫俗、清秀飄逸的花朵，寫下：「凌波仙子生塵襪，水上輕盈步微月。」形容水仙花像仙女下凡，在江邊月下，輕盈地走動，細細的水上煙波如同腳下的塵灰微揚。楊萬里也說，天仙不行地，且借水為名。

黃庭堅初見幾支水仙花已經驚為仙子，辛棄疾索性在自己的莊園裡，大片種下。他們的形容用詞，「凌波仙子」和「金盞銀台」都成為水仙的別名。其他還有玉玲瓏、雪中花、雅蒜等別稱。

畫家當中，清朝石濤畫的〈梅石水仙圖〉，白描淡墨勾勒出水仙花倒掛在奇石縫中，風骨高逸，清雋蕭疏。八大山人的水仙造型非常簡約，神韻卻相當豐富。整幅畫只有三葉二花，卻感覺到它在翩然飛舞。其他的名畫，有的白描，有的設色，有的加禽鳥，有的添臘梅，各有風格。

家中掛著一扇屏風，角落裡刻畫著一叢水仙，雖出自匠人之手，也可感受到它不染纖塵的神韻。另外一張手工刺繡，水仙的根鬚、鱗莖、綠葉、花朵，一針一線，純樸簡實，繡工細緻，繡在紅緞上，幽雅中帶著喜感。水仙有吉祥祝福的涵義，在民間藝術作品裡常常出現。

中國水仙落幕後，西洋水仙登場。園中的洋水仙都是多花，學名是Narcissus Tazetta。西洋水仙的花朵比中國水仙大，顏色種類更多，也比較鮮豔，大多是黃色。花香的差別很多，中國水仙芳香馥郁，西洋水仙類似一般草花，清清淡淡，幾乎聞不出香味。西洋水仙花期比較晚，一般在三到四月間，天氣比較暖和的時候。

「水仙花進城囉！

穿著黃襯裙，綠長袍！」

英國古老的兒歌描述著歐洲自古以來對水仙花的喜愛。我們在英文裡讀到「Daffodils」或者「Narcissus」，翻譯成中文都是水仙。「Narcissus」那西塞斯這個名字是從希臘神話來的。那西塞斯是一個美少年，看到自己在水中的倒影，被自己的美貌吸引，想靠近點看個清楚，不幸落水淹死。

美少年變成了洋水仙。

水仙花香，芬芳濃郁。

黃襯裙綠長袍，水仙花進城了！

他變成了水仙花，生長在水邊，時時可以顧影自憐。

水仙花的原生地是歐洲和北非。從平地到亞高山帶的草原、樹林、岩野都可以生長。西元前三百年，人們開始在自家花園栽種，也漸漸地培育出許多不同的品種。現在水仙有單支的、有多花的，有單瓣的、有複瓣的，除了經典的白色、黃色，也有粉紅色、紅色、橘色、綠色，甚至彩色。

夢想中草坪底下種滿水仙花球莖，春天到，齊開放，整片花海鋪滿草原，多麼壯觀。當然這不容易做到，尤其在南加州。首先氣候就不適合，雨水不夠，溫度太高，都不利於水仙大規模地生長。要形成花海，可能要種下數萬個球莖，更是一個大工程。有一片小巧玲瓏的水仙花園，已經心滿意足了。

不過英國詩人威廉·華滋華斯如果看到的是這麼一小塊水仙花園，而不是一片凌波仙子微步的景象，可能寫不出膾炙人口的那首〈I Wandered Lonely as a Cloud〉：

我孤獨地漫遊，像一朵雲
在山谷和小丘上飄盪
忽然間我看見一大片
金色的水仙花
在湖邊　在樹下
迎著微風翩翩曼舞

連綿不絕像繁星閃爍
在銀河裡燦爛發光
延續成無邊無際的一行
沿著湖邊
我一眼望去　千萬朵
搖頭晃腦　手舞足蹈

花畔的粼粼波光也跟著起舞
水仙興高采烈勝過波浪
詩人我怎能不滿心歡喜
有此快樂的伴侶為伍
我再三凝望，想像不到
這美景賜予我的　是多麼的豐富

香風留美人

紫藤掛雲木，
花蔓宜陽春。
密葉隱歌鳥，
香風留美人。

讀這首唐人李白的五言絕句〈紫藤樹〉，總會發出會心的微笑，接著，一幅幅美麗的畫面：紫藤、喬木、花朵、蘿蔓、綠葉、鳥兒、美人，逐一浮現出來。

和紫藤樹結緣已久。當初在臨街庭院種了一株開白花的紫藤，每年到了溫暖的陽春三月，一串串潔白優雅的花朵，風中搖曳，芳菲遠傳，過路人駐足欣賞，陶醉花香裡。

新家花園順應自然環境，利用充分的陽光，設計出打開每扇門窗，戶外就是一幅色彩豐富的畫。希望庭園是畫室、教室、攝影棚和書房。

各色紫藤在整地及硬體設施就緒後，開始栽種。

遮陽棚架角落，種了六棵白色和紫色的紫藤。第二年的春天，已經攀爬到棚頂，藤蘿垂掛下來，迎接暖暖的春風。白色紫藤花串長達十八到二十吋，潔白無瑕，內在似有一股強大的力量，長長的花穗，爆發式地開出美麗的蝴蝶狀花朵。另外兩個角落開著紫花，花序較短，大約十二吋左右，花開季節像紫色的瀑布傾洩下來。坐在棚架下，一邊是紫色瀑布，另一側是白色激流，拂面的是飄在風中的花絮，芬芳四溢，香氣襲人。蝴蝶蜜蜂無數，花中鑽進鑽出，忽隱忽現。鳥兒索性就在藤蔓裡築巢，家雀、美洲知更鳥、哀鳩都有家在此，百鳥千禽唱起歌來，此起彼落，嘰嘰喳喳，聲聲切切。

圖書室外的兩株，一藍一紫，攀引上棚架。花架下放置兩座高大的赤陶盆，種了金橘。黃昏夕照下，寶藍配金黃，晶瑩剔透，燦爛耀眼。紫色的那株不斷地從周邊地底竄發新枝，就在旁邊的玫瑰花園正當中，平空冒出了一棵紫藤樹，串串花開，和四周的玫瑰花爭奇鬥妍。

把這些自來的藤苗挖出，分株放進盆裡培養，時間成熟後，再移種到適當位置的泥土地裡。數年下來，園裡已有三十幾棵紫藤，有的攀援棚架，有的依附窗緣，有的垂垂覆楹，有的直立如樹。有些較幼嫩的新苗，種在高大的白楊木旁邊，不久後，柔軟的藤蔓纏繞在穩妥牢固的樹幹，枝條倒掛，庇蔭下方的小花小草。大自然自有它微妙的生存法則、平衡方式。

草地上的紫藤樹修成傘狀，造型最美，顏色是淺紫、深紫和粉紅。其中之一是三種不同顏色的園種一起，做客的賞花人看到一株三色，嘖嘖稱奇，以為這是改良過的新品種。

風起時，殘花大片大片地飄落在草地上，色彩絢麗，像粉紫色的地毯，令人不忍踩踏。想起《紅樓夢》裡的林黛玉，肩上擔著花鋤，鋤上掛著花囊，手內拿著花帚，掃起落花，放入絹袋，拿土埋上，日久隨土化了。

白色紫藤花芳菲遠傳。

八重黑龍藤像紫色瀑布。

我們家的落花自有其用途，一袋袋地收集起來，和有機泥土混在一起，種花種樹都用得上。不必像賈寶玉一樣，把落花摺在水裡，流入溝渠，遭塌了玉潔冰清的紫藤花。

池塘位在山谷，地勢凹下，氣溫也低了幾度。那裡種的紫藤樹，花開的節奏慢了幾個星期，花季也跟著延續了。紫花紫藤下，是紫色的薰衣草；白花紫藤下，是白色的海芋。單純的色調，反映在池塘水波上，青山白雲，天空更蔚藍，雲朵更純淨，微波漣漪更細緻。坐在池邊的大石頭上，前前後後有十幾棵紫藤樹，迎面陣陣幽香，可以感覺到空氣格外清新。應證紫藤對淨化空氣和綠化環境是有一定的功效。

剛剛培養的小紫藤樹，需要充分的水源和養分，陽光不要直射。成樹後，少肥少水，陽光充足，沒有病蟲害，不難照料。三月逐漸冒出花蕾，四、五月盛開。經常修剪殘花和開過的花梗，減少養分消耗，開花時間可以延長。花串從上往下開放，下端的花瓣還在盛開，上頭的殘花已經開始結莢。紫藤屬於豆科。夏末秋初，嫩綠的樹葉漸漸轉黃飄落，萬千濃綠歸於寂靜，到了冬天，葉子完全枯萎脫離。棕褐色、光禿禿的藤幹間，懸掛著一串一串像四季豆的乾豆莢，豆莢裡包著種子，有輕微毒素。冬日是修剪細藤蔓、小枝節的時候，粗壯藤幹矗立一方，等待來春。

紫藤有三大品種：中國紫藤、日本紫藤和北美紫藤。史書記載，漢朝張騫出使西域，把紫藤引進中原，已有兩千多年歷史。北美品種花穗比較短，花開季節比較長。日本品種最出名的是山藤系和野田藤系。有些遊客會在春暖時節，到日本東京近郊的足立花卉公園，欣賞藤花隧道和寬達一千公尺的花架垂下的紫花，一百五十多歲的老藤蘿，生氣蓬勃，浪漫又壯觀。日本餐廳在這個季節有

去了殘花，冒出新蕾。

一道料理，藤花天婦羅。摘下藤花花瓣，沾上麵衣，油鍋炸出，美麗鮮豔，吃起來爽口，一咬下去，淡淡的清香散在嘴中，十分美味。

紫藤花瓣有單瓣和重瓣之分，多花重瓣顏值最高。家裡有數株重瓣的八重黑龍藤，又稱牡丹藤，是比較珍稀的品種。藍紫色的花，像一串串的紫葡萄。這是一家苗圃知道我們鍾愛紫藤，剛好有了兩株，趕緊通知我們。

另外一株美國紫藤，原產地是德州。家人都稱它是我的寶貝，我花最多時間照顧它。聽說日本花園裡的每一株紫藤都有一個專人負責。我們人手不足，儘量平均分配給每一朵小花、每一株小草。這棵藤樹在我的修剪照料下，回報的是花開不斷，新芽新葉冒不停。才去了殘花，新蕾已出現。幾年樹齡，主幹已曲盤，方圓有五、六公尺寬，還繼續延伸擴張，只好把旁邊的小樹移走，讓它有足夠的空間發展。整理樹幹周圍下方的藤蔓時，得鑽進樹叢，平躺地上，才能由下往上修剪，螞蟻蝸牛就在旁邊看我工作。兒子偷拍了照片，不算狼狽，只是一個專注工作的園丁。

巴黎近郊有一個小鎮吉維尼（Giverny），印象派畫家莫內在一八八三年搬去那裡定居，蓋出夢想中的花園。我們曾經去拜訪了兩次，欣賞他種了花、畫了畫的人間仙境。莫內精心設計的花園，萬紫千紅又井然有序，像一張畫布，洋溢著繽紛的色彩和活力。他喜歡東方元素，種滿睡蓮的池塘是花園最重要的一部分，東方的垂柳、竹林、繡球花、杜鵑花、紫藤花圍繞在四周。綠色拱形木橋跨越池塘，十二次出現在他的畫裡。小橋上方架著生鐵鑄造的棚架，攀附著一百年前他親手栽種的淺紫色紫藤，伸展延續了三十四英尺長。莫內花園裡有日本品種和中國品種的紫藤，開花時間一前

粉紅淺紫深紫同聚一樹。

一後，延長了花期。淺紫色藤花和粉紅色的杜鵑花映在池塘，水中的倒影，變化多端。垂掛搖曳的藤花，直瀉水面，婀娜多姿。莫內的藝術成就非凡，他自己卻認為他的故居和花園才是他最美麗的作品。

四月紫藤還盛開，有的才含苞待放，有的且待來年了。午後微風吹，落花紛紛，青山寂寂，看到一些花開近尾聲，反而不忍折枝，儘可能多留取一分春色。

馬德拉的驕傲

一個春天下午，到賓州長木花園（Longwood Garden）參觀。在溫室培養的植物當中，看到一種以前從未見過的，非常惹眼的奇花異草。

第一眼看到它的反應是「一覽眾山小」！和周圍的花花草草比起來，它高高在上，華麗雄偉。再看看標識名牌：Tower-of-Jewels，寶石塔，還真不虛此名。一枝瘦長的圓柱體，頂端較尖銳，巨塔般直直指向天空，像一把寶劍。圓錐體上繞著一圈又一圈細微的花朵，五片橘紅色的花瓣，中間突出小小的花蕊。每一個圓錐塔上大約有幾十朵美麗的小花，錐柱下方是層層銀灰色狹長葉片。它們給我的感覺是，唯我獨尊，豪情萬千。

迫不及待地坐下來閱讀說明，了解它的身世。原來它的故鄉是在加那利群島，位於大西洋中，摩洛哥的西邊，大約只有六百平方哩的一個小島，屬於西班牙的自治區。在家鄉，荒無人煙處生長，每兩年的五、六月間開一次紅花，色彩豔麗，剛勁突出地矗立在小島上、高於海平面五、六千呎的亞高山地帶。根部生長在火山岩土或貧瘠的硬泥土地，猛烈的海風從四面八方吹來，夏天乾冽，冬天濕冷，生存的條件十分惡劣，它依然開出美麗的花朵。花謝結子，四散飄揚，生命結束。乾枯灰白的骨架依然挺立在高山荒野，又是另外一番冷冷的風光。

長木花園的溫室從種子開始培養，十五、六個月後的春天，開出橘紅花的寶石塔，漂漂亮亮地展現在遊客面前。春色滿園關不住，尤其這一枝獨秀的寶石塔。

回家後，念念不忘這不尋常的植物，想在花園裡種幾株，卻不能如願，苗圃裡遍尋不著。無意中，卻找到它在植物界同科的另一個家族成員：「Pride of Madeira」，馬德拉的驕傲。「寶石塔」和「馬德拉的驕傲」這兩種植物同屬於紫草科、藍薊屬。後者的家鄉在大西洋上的馬德拉群島，靠近非洲西海岸，是葡萄牙轄管的自治區。

第一次聽到「馬德拉的驕傲」這個名字，以為是在說世界最有名的足球明星Cristiano Ronaldo dos Santos Aveiro，華人都稱他C羅。他是葡萄牙國家足球隊的隊長，球技超群，備受歡迎。出生在馬德拉，相信島上的人都以他為榮，稱他為「馬德拉的驕傲」應該不以為過。

另外一位和馬德拉島有些淵源的人是，發現新大陸的航海家哥倫布。他曾經到過馬德拉島，並且和島上總督的女兒成親，他們住過的房子，如今還在。我絕對沒有想到馬德拉的驕傲會是一種植物的名稱。

馬德拉的驕傲從葡萄牙的屬地海島輾轉到了加州，開始自然出現在中加州和南加州的海岸，沿著斷崖絕壁繁衍。後來種子被培養成庭園觀賞植物，逐漸進入人家。我們從苗圃選購了幾株回來栽植，幾年下來，花園內已有數百株。

每一叢馬德拉的驕傲大約有六呎高，寬度也大約相同。比起寶石塔八到十呎的身高，矮了一點，也算是高大健壯。開花期間，從葉叢底座逐漸形成一個個圓錐體，上面醞釀出許多像鈴鐺的小花朵，形成了花簇。有深藍、淺藍、深紫、淺紫、粉紅和白色，藍紫色是比較經典的色彩。每朵小

馬德拉的驕傲，挺胸抬頭。

蜜蜂兒來採蜜。

花有四瓣，雄蕊從中突出。每年四月開花，一叢叢藍紫圓柱往天空伸展，生氣蓬勃，十分壯觀。直到夏末，花朵凋謝，孕育出棕色的種子，花期結束。不像寶石塔是兩年生，馬德拉的驕傲是多年生草本灌木，至少五年都存活得很好。隨著歲月，莖部慢慢變得更粗壯，也逐漸木質化，五、六年後，不再開花結子，生機結束。

花盛開時，成群的蜜蜂圍繞著小小的花朵，嗡嗡作響，忙碌地採花粉，好不熱鬧。再加上園內四處傳來的鶯啼燕語，蝴蝶翩翩飛舞，朱紅蜂鳥上上下下地來回採蜜，這光景，好似蜂兒鳥雀都逐著春風到洛城了。

南加州的冬天氣候溫和，馬德拉的驕傲適應得很好。只要排水通暢，泥土貧瘠也無所謂，全天陽光充分照射，或部分遮蔭，都不計較。需要的水分很少，春雨綿綿，自然的降雨量就夠了。乾旱的年頭，一週一次的噴水澆灌，就能讓它們長得茁壯旺盛。沒有蟲害，不用施肥，不需呵護，莖葉有微毒，野生動物都不吃，生命力和適應力超強，真是好養得很。狹窄、尖長、劍狀的葉子是銀灰色、表面有細毛，可以反光，減低葉子的溫度，減少水分蒸發，也保護不被風吹乾。

花開過後，翌年園內出現了許多小幼苗。從石頭縫、山溝裡、草地上，四處挖掘出的幼苗在盆內培養，再種入泥土地裡。易活易長，在園裡佔了相當重要的地位。朋友喜愛，拿回家種植，奇怪的是，竟然沒有養活。我的判斷是，太把它當寶貝養，澆太多水，也許還施肥，不符合它的天性。需要有讓它自生自滅的態度，加上一點點基本的條件，它才能生存下來，還活得轟轟烈烈。

馬德拉的驕傲在我們的花園，從原來的幾株到今天的數百株，不是我們勤於培育，而是不夠勤

一把把寶劍，直指天空。

馬德拉的驕傲，活得轟轟烈烈。

快修剪。除去枯花是園藝工作最重要的一件事，植物才能減少浪費資源，健康成長。馬德拉的驕傲比較特別的一點是，一開完花，就應該馬上剪掉並丟棄圓錐體的部分。等到枯乾又結了種子，風一吹過，種子四散，或殘花落盡，種子直接掉落地上，生出幼苗，另一株新生命誕生，就這樣四處蔓延開來，落到哪裡就長到哪裡。

我們必須不斷地清除幼苗，否則像野草一樣，春風吹又生，多到不可收拾。賞花的人欣賞一片藍紫花海，優雅中加上一點嫵媚豔麗，讚不絕口。管花的人隨時攜帶修枝大剪，即時處理，以絕後患。附近鄰家的花園莫名其妙長出馬德拉的驕傲，可能是從我們家花園裡逃出去的，難怪在澳洲的某些地區它被認為是一種災害。

人間四月天，滿園芳菲，無邊美景。馬德拉的驕傲挺胸抬頭地站著，花開得理直氣壯。它帶給我們的，不只是驕傲，還有更多的喜悅。

夏日炎炎，情意綿綿

小時候去遠足，路過小溪流，同學們喜歡玩打水漂的遊戲。撿起石頭往水面丟，小小的圓石在水上飛躍旋轉，比比看誰的石頭漂的次數最多，誰的漂得最遠。簡單又有趣，小朋友在水邊玩得不亦樂乎。

家園的地形依著山勢，有一個凹陷的谷底。雨季時接納山上流下的雨水，造成一道天然的溪流，最後匯入地下大排水管，奔流入海。配合地形，我們計劃在谷底挖個池塘，也就地勢設計了小小的瀑布。池塘小，玩不了打水漂，還是有許多夢想：春天萬物復甦，「池塘生春草，園柳變鳴禽」，欣賞青草垂柳，無邊春色就在池邊；夜晚坐在池畔，享受荷塘月色，幽靜安謐，陶醉在「鳥宿池邊樹，僧敲月下門」的境界。萬籟俱寂中，輕微的敲門聲，噪動的宿鳥振翅聲，聲響中更顯出寧靜；夏日午後急雨，體會到「柳外輕雷池上雨，雨聲滴碎荷聲」。輕雷疏雨，雨聲加上荷聲，多麼美麗的自然二重奏。

一切按照藍圖進行。挖掘池塘時，挖出許多石頭，大小錯落，顏色各異，就近排列在池邊，用水泥固定，成了天然的池緣。池底和小溪流底層鋪上厚重的黑色塑膠布，防止水下滲，最後裝置了循環水流的馬達。硬體工程完成後，池裡和池邊的植物也陸續種下。

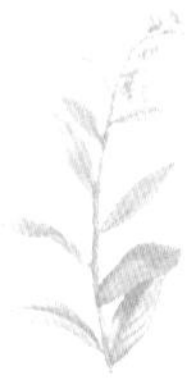

荷花和蓮花是池塘不可缺少的主角，兩者同屬於睡蓮科，都喜歡日照和通風。有些人分不清荷

花和蓮花，其實簡單來說，荷花有蓮蓬、蓮藕、蓮子，蓮花沒有。

蓮比荷早開花，大約三、四月間就可以見到蓮影了，荷花那時還無聲無息。我們的蓮花花瓣是鵝黃色，中央的花蕊是橙黃色，陽光下浮光躍金。有一次同時開了五朵，我趕緊拍照，名為「五朵金花」，就像老電影裡的五位金花姑娘，只覺得它們是那麼嬌嫩雅緻，令人心動神馳，像徐志摩寫的，「最是那一低頭的溫柔，像一朵水蓮花，不勝涼風的嬌羞。」

蓮花和蓮葉飄浮在池水面。清晨開花，天黑時，花朵漸漸合起來，直到隔天清晨才又開放。朝開暮合，睡態嬌柔，盈盈而臥的睡美人。單朵花可以維持三到五天，接著花瓣片片脫落凋謝，順著水流漂走。綠油油的蓮葉是不完全封閉的圓形，缺口呈V字形。蓮花可以一直開到十月深秋，那時就如徐志摩的詩：「道一聲珍重，道一聲珍重，那一聲珍重裡有甜蜜的憂愁……」

三千多年前的《詩經》裡寫著，「山有扶蘇，隰有荷華」，山上長著高大茂盛的扶蘇樹，濕地裡開著亭亭玉立的美荷花，可見歷史久遠的年代已經有了荷花。這首詩歌是描寫女子對男子的俏罵戲謔，也給荷花帶來了一些天真浪漫的感覺。

荷花荷花幾月開？我們池塘的荷花大約是六月登場。荷花的葉柄和花梗都瘦瘦長長的，把花葉托得高高的，上面有細小的短刺。株高大概有一、二公尺，冒出水面，隨風搖曳，正是「一一風荷舉」。又圓又大的荷葉是從根莖的節上長出來，這個根莖就是食用的蓮藕。花朵有粉紅、紅、白、鵝黃、紫紅，花瓣大約有十四、五片，中間的花托是倒圓錐形。花朵凋謝後，花托就變成蓮蓬，也從黃綠色變成棕褐色。蓮蓬裡的小孔藏著的堅果就是蓮子。蓮子是所有植物的種子中壽命最長的，

出淤泥而不染，濯清漣而不妖。

五朵金蓮花，不勝涼風的嬌羞。

荷花凋謝，獨剩蓮蓬。

靠的是堅硬的種皮保護，聽說經過百年、千年之久仍可萌芽開花。

荷花中通外直，不蔓不枝，自古以來都是國畫家情有獨鍾的題材。畫荷高手很多，水墨或設色，一片潑墨或白描線條，各種畫荷技巧都能畫出荷的魅力。有人畫出荷的雍容華麗，有人畫出荷的孤傲不桀。一片枯荷葉，一支殘蓮蓬，或是一朵半謝的荷花，卷舒開合皆優雅，都有它出淤泥而不染，冰清玉潔的儀態和性格。明朝的八大山人、徐渭，近代的齊白石、張大千都是畫荷名家。西方的印象派大師莫內也深愛睡蓮，他的吉凡尼花園中有植滿睡蓮的池塘，他生命最後三十年創作的主題就是睡蓮。畫裡重重疊疊的光影，如夢如幻般的色彩變化，兩百五十幅「池塘．睡蓮」系列，畫出睡蓮的溫柔嬌豔，也畫出他一生的鍾愛。

荷花生長的速度非常快，一點點花苞才剛露面，大約兩星期後，花朵就開始綻放。清晨開花兩、三小時，又嬌羞地閉合，隔天再開，時間增長一點，逗人開心似的，慢慢加長開花時間到十小時，第四、五天後，一瓣瓣花凋落，剩下蓮蓬。

荷花的花苞叫做「菡萏」，我非常喜歡，百看不厭。和我有同好的是蜻蜓。坐在池邊，經常可以看到來訪的紅蜻蜓、藍蜻蜓、黃蜻蜓。正如南宋詩人楊萬里寫的，「小荷才露尖尖角，早有蜻蜓立上頭。」一整個夏日，幾乎天天可以看到飛來飛去捕食蚊蟲的蜻蜓，飽食之後，調皮地立在荷尖上休息。牠的視力好，是眼睛最多的昆蟲，飛行能力又強，一下子高飛入雲霄，一下子回轉倒頭，更可以後退飛行，非常有趣精彩的演技。每次看著，不禁要唱：「飛呀，飛呀，看那紅色蜻蜓飛在藍色的天空……」可以說，小小的池塘就是牠的王國，在風中不斷追逐牠的夢。在池邊工作，也會看到蜻蜓在尋找配偶，交配，產卵。「蜻蜓點水」就是描述蜻蜓產卵，繁殖後代，把種族延續下去。

這些年的夏天，池塘和小谷底成了我們的避暑勝地。坐在白楊木下，看著身旁的生物百態，每個時刻都有意料之外的驚喜與震撼，縱使炎夏也感到些許清涼。

漢代流行的民歌，「江南可採蓮，蓮葉何田田，魚戲蓮葉間，魚戲蓮葉東，……」，為了欣賞魚戲蓮葉間的美景，我們在池塘裡養了錦鯉。幾隻紅身白花紋，色彩鮮豔的錦鯉，游姿靈活，霸氣又優美地穿梭在蓮葉間，可以讓人駐足池邊許久，目光追隨著牠們游動不停。

直到大白鷺鷥光臨。全身白羽毛、黃喙黑腿、尖長利嘴、體型高挑、頸部細長像S形的大白鷺鷥，經常在附近的高爾夫球場出現，有一天竟然飛來家園。牠在池塘邊慢慢地踱來踱去，一會兒又久久不動，直立半天，不知道在打什麼主意，我猜是在等待覓食。聰明的錦鯉大約也意識到有不懷好意的敵人出現，藏匿在蓮葉下的水底，不敢輕舉妄動。

還沒有現身驅趕，大白鷺鷥已經振翅高飛。那時，荷花還沒有長出水面，我們就用尼龍網子蓋住池面，保護錦鯉。相安無事了一段時間。

一天早晨，一條冒失的無毒大黃蛇溜到池塘，身體被防鳥的網子卡住，動彈不得。在天空中盤旋翱翔，準備捕食的庫柏鷹馬上俯衝下來，用雙腳利爪緊緊地抓住大黃蛇。蛇被網子纏住，不斷掙扎，鷹拉不出來，憤怒地啄著蛇身。不輕易放棄的鷹再次升空，繞了一圈，二度俯衝下來。接連幾次，蛇已經不動了。我只好剪破網子，拉出死蛇。那天，正好一位朋友有事來訪，看到我用工具拎著一條大蛇，沒有多問，匆匆離開，可能嚇得說不出話來。

亭亭玉立一菡萏。

卿卿我我，游來游去。

羽毛像斑馬似的，一道深棕一道米白的庫柏鷹，經常在附近天空飛翔。有一個黃昏，眼光銳利的鷹快速衝到離池塘數步之遙的坡上，捕獲了一隻棉尾兔。在我們四目注視下，痛快淋漓地吃起晚餐。我們也見怪不怪，你吃你的佳餚，我做我的工作。

當然不是天天面臨這些血腥的畫面。鵬摶萬里，鷹揚九宵，天空無限大，鳥雀自由飛。有幾種鳥也許視我們為家庭的成員，經常過來打交道。領地意識強烈又好鬥的棕煌蜂鳥，常常在我們面前表演，像直昇機一樣上下飛行，又特別把池塘當做牠的舞台來獻技。有一隻西叢鴉住在池邊的山坡地，我一出現，就迫不及待地出來打招呼，「忽」的一下飛掠頭頂。前兩天看到一個破裂的藍色小蛋殼，也許我們多了一隻小鴉！走鵑、雉雞、知更鳥、啄木鳥……飛來走去，自由自在。大王斑蝶已遷徙，小小粉蝶仍造訪。

不久前，一個鄰居在社群網站詢問，誰家的小貓不見了，躲在她家後院裡，請來認領。我一看照片，不禁失笑，這不是山貓嗎？我們家是牠們的後花園，經常來逛逛。隔了半天，鄰居又寫了，有人告訴她那隻是小山貓，野生動物單位來捕捉，要放生山區，卻找不到蹤跡了。我心想，牠們來去自如，如入無人之境，不必理會。

夏夜交響曲是由貓頭鷹和哀鳩做背景伴唱，擔綱的是蛙鳴大樂團。蛙鼓普鼕鼕，萬蛙齊敲擊。一片喧嘩，此起彼落，持續鬧整晚。報載日本有人提出訴訟，認為鄰家花園的蛙鳴是噪音，令他失眠，當然敗訴。蛙鳴蟬噪，也許聽了厭煩，那就是大自然的聲音。

夏日晝長，在戶外活動的時間也多了。靜坐池邊，唧唧蟲鳴、啾啾鳥語、潺潺水流聲、瑟瑟風吹響，一會兒沈靜，一會兒喧鬧。自然界的一切時而活潑，時而安祥，有時令人驚喜，有時令人詫異。處處是風景，萬物皆有情，正如王國維說的「一切景語皆情語」。

蜂飛蝶舞蟲鳥鳴

兒子的同學考上律師執照，開心地來我們家度假，放鬆一下。

那天下午，他手拿一杯紅酒，哼哼唱唱，在花園裡閒逛。忽然聽到一聲驚叫，看到他往後倒退了幾步，酒灑了一地。我一個箭步上前，出手攔截住半空中騰躍的大蜘蛛。

這隻黑褐色毛茸茸的捕鳥蛛（Tarantula）偶爾出現在園裡，見過幾次，沒想到牠這麼興奮地從樹梢騰空而起，飛過大半個步道，畫出美妙的弧度，驟然降落，迎接遠客。大男孩滿臉驚愕，看著我用手輕輕地接住放回地面，牠一溜煙地鑽進樹叢裡。男孩驚魂未定，心想我們家是亞馬遜雨林，蠻荒之地嗎？

捕鳥蛛比一般蜘蛛大多了，身長約十三公分，八隻腿伸展開來，可以長達二十八公分。顏色通常是黑、棕、灰色，也有的摻雜著橘黃、金色、藍色和白色，帶著閃閃光澤，有與眾不同的美麗，精緻細膩的外表，濃密的細毛，算是另類毛小孩，有人當寵物飼養，壽命長達十五歲。牠在園裡安靜自在，挖個地洞躲起來，隱蔽地生存著。牠不會編結精美的蜘蛛網捕捉食糧，不過會抽絲保護自己的洞穴。牠吃昆蟲、蚯蚓、老鼠和青蛙，巨大品種的捕鳥蛛還真的會捕鳥。

我告訴未來的大律師，園林就如同外面的世界，錯綜複雜，我們要尊重各種生物的多元性、多樣性。花園雖小，像千頭萬緒的織錦毯，生態系統盤根錯節，環環相扣。自然界中某種動物專門捕食另一種動物，和其他動物又相安無事，是天敵？是友伴？等著自己去發覺。

捕鳥蛛吃昆蟲，園中昆蟲無數。有的優美雅緻，有的精幹勤快，有的巧妙簡練，有的膽小害羞。小小蟲兒編織出不同的故事，各取所需，和睦無間。

蜜蜂充滿活力，園中最常見。牠們穿著黃黑條紋的工作服，薄紗似的小翅膀搧呀搧的，在耳邊嗡嗡，飛到西，飛到東，辛勤採蜜。原先住在假石裡的那七萬隻蜜蜂，已經從家園轉運到大學校區，另起爐灶。那塊蜂去巢空的假石挪移到更高的山坡上，新遷來的蜂兒們仍然風風火火，進進出出。園裡的各種野花有充實的花蜜、鮮豔的色彩、芬芳的香味，誘使牠們流連忘返。

美麗的帝王斑蝶（Monarch Butterfly）的毛毛蟲最愛吃乳草（Milkweed），園中不可缺少，否則就見不到身穿橘黃黑白條紋和圓點，色彩斑斕的蝴蝶。過去十年，因為農地和庭園設計的疏忽，牠們已經減少了九十六%，瀕臨絕種。每年從墨西哥抵達美加，帝王斑蝶的這段千里長征要經歷三代，昆蟲學家還不清楚牠們如何得知要走這條相同的遷徙路線，生命週期只有數個月，所有的帝王斑蝶都是第一次踏上這段旅程。許多人關注牠們，在花園裡種乳草餵養幼蟲，農人也在作物旁種植吸引蜂蝶的野花。我認識一位老師，鼓勵學生的獎品是一包乳草種子。

蝴蝶喜歡黃、白、紫、粉紅、紅、橘的花朵，家園內的向日葵、薊、加州蕎麥、一枝黃花、黑鼠尾草……，甜蜜蜜，水噹噹，引來紋白蝶、紅蛺蝶、虎紋鳳蝶的輕飛漫舞。

多彩多姿的蝴蝶，自古以來，入詩入畫。「莊生曉夢迷蝴蝶」，莊周夢見自己是蝴蝶，翩翩飛舞於花間，醒來依然故我，不知蝴蝶已經何往。蝴蝶把花園當畫布，四處招展，增添顏色；也把花

虎紋鳳蝶，輕飛妙舞。

點水蜻蜓，雙雙對對。

園當舞台，如芭蕾舞者，等待賞花人的掌聲。南宋詩人楊萬里寫道，「兒童急走追黃蝶，飛入花來無處尋。」五歲的小亨利就常常在菜園裡追撲蝴蝶，怎麼追都追不到，差點摔進黃瓜藤裡。

果園中有許多瓢蟲，真是幸運的一件事。牠們狼吞虎嚥，吃掉了有害的蚜蟲和介殼蟲，可謂小蟲立大功，保護了果樹。瓢蟲有一身紅鞘翅，上面有黑點裝飾，最常見的是七個小黑點的七星瓢蟲，不同品種的有兩點到十三黑點不等。七星瓢蟲的幼蟲在發育期間可以吃掉六百到八百隻蚜蟲。牠們的一生可消滅掉九百棵果樹上的害蟲，真是蟲不可貌相，天生的小猛將。我在園子裡看到牠們，肅然起敬。

點水蜻蜓款款飛，夏天陽光下，總可見到如紗輕翼的身影在飛舞。午後細雨裡，張著一雙大眼睛低飛過野塘。這些夏日精靈，紅、藍、黃蜻蜓，還有的紅黑相間，綠紫混合，透明網狀的翅膀，節節高翹的胸腹，在濃蔭綠叢中，在小荷尖角上，在繞堤風柳間，在竹籬、在瓜架，在水面，為庭園增添了許多情趣。

穿著一身盔甲的甲蟲，閃著金屬般的顏色，藍綠、黑褐、紅紫，看來骨架結實、兇悍有力，有時碎步快跑，有時漫步閒逛，吃蝸牛蛞蝓，除蟎蟲蠼螋，地棲害蟲都害怕。牠也會傳花粉、鬆土壤，獨角仙甲蟲還可當作寵物養。

在自然殿堂中演奏小夜曲，蟋蟀是主角。摩擦前翅發出的囀鳴蟲吟，興奮高昂或顫抖震動，唧唧啾啾，寂靜的夜晚裡，窸窸窣窣聲迴盪空谷。

蜜蜂蝴蝶、蜻蜓瓢蟲、蟋蟀甲蟲，還有更多的昆蟲，這些六足節肢動物四億年前就在地球出現，比恐龍更古老，不過那時蜻蜓展翅有兩英尺寬。牠們在園子裡形成多樣性的生物社會，堅守各自的崗位，訴說屬於自己的傳奇，互動和諧又逍遙自在，擁有不同的生存任務。

傳粉媒介主要靠昆蟲，鳥兒是另一功臣，尤其蜂鳥。野花坡是蜂鳥的領地。春夏時，坡上開滿了百日菊、金魚草、煮飯花、觀音蘭，漏斗形的花正適合蜂鳥細長的喙採集花蜜。欣賞蜂鳥表演很有趣，忽前忽後，急速上下，飛奔俯衝，又頓然停止，懸浮半空中，還會倒退飛，如同特技。安娜蜂鳥（Anna's Hummingbird）一年四季長駐家園。冬天其他蜂鳥去避寒了，牠留在太平洋海岸，哪兒都不去，老是宅在家裡。藍、灰和綠色的閃爍羽毛，玫瑰紅璀燦的羽冠，絢麗奪目，名副其實的「飛行寶石」。

我們在露台和大樹吊掛幾個蜂鳥餵食器，裝著最吸引牠們的紅色花蜜。天熱時，牠們咻咻飛來，喝口蜜水，歇歇腿。隔著窗戶，我們互相對望，我喝咖啡，你喝蜜水，享受美好的時刻。

每天清晨夢酣中被喚醒，聽到的是樹梢屋簷傳來，各種鳥兒的歡鳴，展開美好的一天。經過一夜好眠，牠們嗓門大開。鶯聲燕語，其鳴喈喈，有的宛轉悠揚，有的簡潔宏亮，有的旋律優美，有的短促單調。這些鳥語啼鳴，是鳥兒用自己的語言在溝通談話。聽起來，時而歡愉興奮，時而哀怨憂傷。傳說孔子的女婿公冶長會聽鳥語，樹上的鵲鳥告訴他，「公冶長，公冶長，南山有隻羊，你吃肉，我吃腸。」結果他獨吞了那隻羊，沒有和鳥分享，引起牢獄之災。看來連鳥都騙不了。

就算不懂鳥語，仍可以領會到牠們在表達不同的感受。那個響亮的嗓音是活力充沛、雄糾糾氣昂昂的公鳥，用旋律複雜的洪亮歌聲引起雌鳥注意，表示自己是條件合適的單身漢，同時向其他公鳥示威，說：「我在這裡，這兒是我的地盤，滾到一邊去。」或許在擴充疆域，宣告自己的領土權，不准別的鳥來侵犯。嘮嘮叨叨嘰嘰喳喳，是在向嬌妻叮嚀，「我去找食物了囉，妳好好看著孩子，等我回來餵小傢伙。」簡潔扼要的短音可能是站在枝枒上的鳥爸爸，正在向學飛的雛鳥發號施令，恩威並用，「不要害怕，張開翅膀，飛到我身邊，給你蟲蟲吃。」

黑幕籠罩時，山坡上松林間，發出屬於夜晚的聲音。緩慢低沈又深不可測的咕——咕——呼——呼——，四到五個音節，正是美洲鵰鴞（Great Horned Owl），大角貓頭鷹。牠有淺灰的條狀羽毛，橙黃色的大眼睛，高高豎起的兩撮角狀耳羽，並不是真正的角，耳朵在角的下方，一高一低，增強敏銳的聽力，在黑暗中可以聽出動靜，辨別聲音來自何方，輕易尋覓獵物。牠們是一夫一妻制，總是雙雙對對出現，至少五年內看到的都是同樣的伴侶。

園中百鳥最具魅力的是啄木鳥。鑽啄樹木裡的甲蟲、蛀蟲的幼蟲，真的就是入木三分，全憑嘴硬。找不到蟲就更賣力地晃頭晃腦敲啄不停，有節奏感的咯咯嘟嘟聲，在空中飄盪。牠是我們林中的鼓手。

最常見到的猛禽是庫伯鷹（Cooper's Hawk）和紅尾鷹（Red-Tailed Hawk）。庫伯鷹站在高高的樹梢，虎視眈眈，等著捕捉小動物。身材不大，卻是捕獵高手。紅尾鷹較常見，在天空翱翔，聲音先高後低，逐漸下降。牠不會攻擊人或其他小鳥，有時還會被群鳥追趕，落荒而逃，刺耳嘶叫，連自己的窩巢都保護不了。牠吃鼠類、昆蟲、蜥蜴和蛇。

春秋兩季，加拿大黑雁（Canada Goose）遷徙，黑頭黑脖子白下巴，體型巨大美妙。曾在秋天黃昏看過二十多隻經過家園天空，響亮悠長的叫聲，人字型隊伍排列，每隻都規矩地輪流在前面鳥的上方飛行，減少風的阻力，整齊壯觀，井然有序。我向牠們揮手道別，明春再見。

最接近我們的是美洲知更鳥（American Robin）、西叢鴉（Scrub Jay）、哀鳩（Mourning Dove）、反舌鳥（Mockingbird）、家朱雀（House Finch）。這些鳥兒幾乎不怕人，常常跟前跟後，飛近身邊，連鳥巢都蓋在靠著房屋的樹籬中、遮蓬上，也許知道，比起荒郊野地，這裡最安全。藍色、白色、米色、綠色、藍色底密密麻麻棕點、米色底蚯蚓狀細條紋，小小鳥蛋，顏色不同，深淺不一。紐約第凡內珠寶公司主色調的藍，舉世聞名，就是來自美洲知更鳥蛋殼的顏色。美洲知更鳥，橘褐色腹部、黑頭、喉部白色有黑豎條紋，很容易辨識。牠最早帶來春的訊息，也帶來好運。

長尾巴、藍白羽毛的西叢鴉，聰明又俏麗，家園的橡樹都是靠牠從附近叼拾橡實，埋在地底，成長茁壯。記憶力超好，聲音嘈雜喧嘩，有牠在附近，絕對熱鬧。

體態渾圓、灰褐羽毛雜有暗褐色斑紋的哀鳩，發出低沈的嗚咽聲，咕——嗚——咕——咕，聽起來像在委屈哭訴，不討人喜歡，其實是小伙子在為姑娘唱情歌，一點都不哀傷。

反舌鳥最會模仿別的鳥的叫聲，有人觀察到牠會模仿三十九種鳥唱歌，五十種鳥叫，還會學蟋蟀聲和蛙鳴。牠唱歌時，不安分站好，不是單足站立，就是從這個枝頭跳到另一個枝頭。美國催眠曲〈Hush, Little Baby〉，唱著，「小寶貝別哭別鬧，快快睡覺，爸爸去給你買一隻反舌鳥……。」聽說反舌鳥會學收音機裡的歌唱，買一隻回家很划算。

早餐時，望出窗外，例行的晨間秀正在上演。加州州鳥珠頸翎鶉（California Quail）頭戴六隻黑色羽毛、向前傾斜的鳥冠，胖胖的身軀、短短的尾巴，圓圓的翅膀，成群結隊從山坡走下來。後院的草地是牠們的食堂，種子、昆蟲、蚯蚓、莓果是食糧。十幾二十隻聚在那兒邊吃邊聊，為了安全，從不落單。一有風吹草動，擔任哨兵的隊長高聲發出警訊，集體停止用餐，走幾步，跑幾步，連飛都懶得飛，匆匆地往仙人掌叢的地巢鑽進去，過一會兒又出來繼續社交活動。

詩聖杜甫寫著：「留連戲蝶時時舞，自在嬌鶯恰恰啼。」流連忘返的彩蝶，圍繞著千朵萬朵的鮮花翩翩起舞，活潑自在的黃鶯兒，清脆響亮地啼鳴。美麗紛繁的園中，此起彼伏的鳥聲蟲鳴、遠遠近近的蜂飛蝶舞，帶來輕鬆愉快的每一天。

美洲知更鳥來報春。

庫伯鷹是捕獵高手。

哀鳩唱情歌，一點都不哀傷。

草不知名隨意生

又是草長鶯飛的春天。百花齊放，萬紫千紅，湖水清，春鳥鳴，欣欣向榮、生機勃勃的景色，多麼振奮人心。桃紅柳綠，芳菲處處，還有那一歲一枯榮的青青野草。沈寂了一個冬天，各式各樣、高低不一的野草都甦醒過來了。

喜歡拈花惹草的朋友都知道，春風吹又生的野草令人頭痛，不拔除，對辛苦培育的植物十分不利。常見的野草：螃蟹草、藜草、蒲公英、酢漿草、薊……，越早除掉越好。新長出的小草，根還未長全，拔起來容易，等到長高長大，根已經深入土裡，甚至蔓延開來，就很費力了。最怕的是已經開花結籽，有些一株就有成千上萬的種子，四處播散飛揚，將來年復一年，草坪上、花床間、樹底下、果園裡，無處不在，可就是天涯何處無雜草了。

「無人種春草，隨意發芳叢」，真的貼切。每到花園，最驚訝的是，一夜之間，草皮上長出一片螃蟹草，瓜棚下多了一叢芥末，葡萄架旁冒出一堆薺菜，步道邊增添了稀稀落落的蒲公英。有人吃芥末草、包薺菜餃子，拿蒲公英入藥，但它們確實奪取了花、果、樹、草的養分，對經濟、環保和生態都造成威脅，更有礙觀瞻。野草拔不盡，它們彷彿張牙舞爪地在挑釁，「我是野草，很快地就會覆蓋這片土地。」

不只我們辛苦地彎腰曲膝跪地拔野草，四百多年前，大文豪莎士比亞在他童年家鄉附近的農田和牧場，學會認識了許多野草，後來都寫入劇本中。在《哈姆雷特》和《李爾王》這兩齣劇中，讀到了毒麥、蕁麻、酢漿草、毛茛、毒芹和雛菊。拿雜草編成花冠是英國古老的風俗。兩個故事的主人翁歐菲利亞和李爾王，從河邊、沼澤，摘了野草野花，做成花冠花環，戴在頭上，表達心中的欣喜或悲傷。

李爾王在自己亂七八糟的灰白頭髮上，插滿了玉米田裡摘來的野紫堇，想像中就相當瘋狂。美麗善良、後來精神失常的歐菲利亞，整天游蕩、到處摘野草花，編成花冠戴在頭上，那些花草都有毒有刺，想起來就不可思議。其中之一是蕁麻，又叫做「咬人貓」，我曾經吃過它的苦頭，手一碰觸，如針刺、如火灼，痛苦萬分，歐菲利亞竟然可以摘來戴在頭上！莎士比亞在《理查二世》這個劇本裡寫道，「把那些刺人的蕁麻丟給敵人，讓他們乖乖投降。」

莎士比亞一定是對野草深惡痛絕。可能當時他在艾芬河邊散步，看著河邊沼地萋萋芳草如茵，走近一瞧卻是荒草野蔓雜生，大失所望，非常憤怒，因此寫下，「我要把那些討人厭的野草連根拔起，它們把泥土裡的精華都吸光了！」、「我們的大好江山，滿布野草，可憐美麗的花朵快要窒息了！」愛好園藝的朋友一定有同樣經驗，完全能體會莎翁說的，什麼是討人厭的野草。

對付野草開花，預防最重要。栽種植物之前，一定要確定土壤是乾淨的。每年春天在果園、山坡地被和花壇，鋪上兩、三吋厚的覆土，通常是樹皮屑、碎木片、松針、泥碳苔或碎樹葉，這是防止雜草叢生最好的方法。為了保護蜂蝶和傳播花粉的昆蟲鳥獸，大多數人都不會用化學殺草劑，必要的話，天然醋做的殺草液是一種選擇。如果野草實在太多，租幾隻羊來啃草，也是一個辦法。牠

紫葉狼尾草彎腰低語。

們最愛吃大家不敢碰的毒葛和有刺的薊草。

同樣是草，野草令人切齒痛恨，去之為快。從野草選擇馴化培育出來的觀賞草就深獲歡迎。這類植物有相當大的族群，大多數是禾本科，還有莎草科、燈芯草科、香蒲科。它們耐旱耐乾、不需肥料、不拘土壤、少病蟲害，只要陽光足、排水好就夠了。多年生，不太費力，自我繁殖力強，適應面又廣。觀賞草給人的感覺是沈默無言，持久耐看。顏色沈靜柔和，型態優雅，有的挺拔直立，有的彎曲如弓。觀賞草也會開花，通常是在草莖的上端，輕飄飄、軟綿綿，像羽毛、似鬍鬚，朦朦朧朧，風采飄逸。花枝剪下來，當做乾燥花，經久不壞。

有些觀賞草的根叢生密集在一起，越來越多，四、五年後，可以掘出來分株，免得過分擁擠而枯死。有些品種的根會四處蔓延，較難控制，要小心防患泛濫。每年早春，整體修剪觀賞草到離地面約一英尺高，新芽長出後會更健康美麗，株型也維持緊湊的狀態，以免葉片東倒西歪，甚至趴伏地面。

矮小的藍羊茅（Blue Fescue）適合當作坡被或花圃的外緣。狹細的葉片終年藍色，非常低調優美。夏初開細細碎碎的乳白色小花，不喧賓奪主，不會搶走花朵的光采。

家園裡種最多的是綠葉和紫葉的狼尾草，又名噴泉草（Fountain Grass）。紫葉噴泉草非常美麗，我們沿著人工溪澗兩旁錯落種植了數十株，溪中水氣滋潤，較不易乾裂。從紫葉中長出的花穗，緊密尖細，緋紅深紫，漸漸鬆散開來，毛茸茸如狼尾巴，成簇如細髮，顏色也隨著時間漸漸轉淡。狹窄的紫葉向上，接著向外散開，彎成拱形，遠看就像一個個小噴泉。溪澗裡有稜有角的堅

粗曠不拘的蒲葦。

風中蒲葦，自由奔放。

石，在輕盈的噴泉草襯托下，感覺柔和多了。它在風中更美，微風拂過，草兒彎腰低語，狂風吹襲，草兒吶喊高唱。

池塘附近種了大型的印度草（Llano Indiangrass），可以長到五、六英尺高。蜂蝶鳥兒都喜歡。高大直立，根又深，可以改善土壤。仲夏時節，綠葉叢中開出金黃淺褐的花穗，非常壯麗，花穗是鳥的食糧。春天一到，像麻雀般大，全身烏黑，翅膀紅色的紅翅黑鸝就在草叢裡歌唱，歌調像翻滾似的，最後尾音拉得很長，充滿了歡欣喜悅。坐在旁邊聽唱的人，也很想跟著高歌一曲。

最多人種植的觀賞草應該是蘆葦草，或叫做羽毛蘆葦草（Feather Reed Grass）。許多人家的庭園和商業區都可以見到。挺直的草莖，約達五英尺，黃褐帶橘色的花穗細細長長，從秋到冬，在花園裡輕輕擺動。蘆葦草有很多種，家中的叫做Karl Foerster Feather Reed Grass。Karl Foerster是德國人，園藝家。一九三〇年的某一天，他坐在火車上，往窗外看出，一叢未曾見過的草吸引了他的目光，隨即壓下緊急按鈕，火車停止，匆匆下車找到這株植物。它是亞洲和歐洲不同品種的混合體，從來沒有人發現過。Karl Foerster把這株異草帶回去培養繁殖，也開創了人們推廣觀賞草的先端。為了紀念他的發現，這種蘆葦草就以他為名。百花凋零的寒冷季節，蘆葦草獨領風騷。

「金髮美女的野心」多麼充滿想像力的名字。這是一種格藍馬草（Blue Grama Grass），我們在紅石池塘邊種了幾株。小灰蝶喜歡住在這種草叢裡面。它的高度和寬度都大約三英尺，非常耐寒。美洲最冷的地帶都可以生存，南加州的旱熱也不在乎。夏季花開，直到寒冬。花像睫毛，有人說像小旗子，最特別的是花和草成九十度角。天氣越冷，花色越淺，顏色就像金髮。寒冬下雪，壓蓋住格藍馬草，雪融化，它彈回直立狀，不會被壓垮，野心勃勃地又站起來，因此得名。我們南加州不下雪，看不到它的野心，能看到這金髮美女就夠了。

最夢幻浪漫的草應該是「粉黛亂子草」（Muhly Grass）了。九月到十一月，宛如童話般唯美的粉黛亂子草開花了，一片粉紅花海，如雲似霧，真是六宮粉黛無顏色，仙氣十足。

庭園裡種了十幾株。禾本科，成株高度、寬度約三英尺。纖細的綠色葉片，不開花時，毫不起眼。想要營造浪漫氣氛，就得集中且大量種植，光照也要充足。等到花開時節，粉紅雲霧連綿起伏，彩霞氤氳，造成視覺的衝擊力，非常震撼吸睛。

這種夢幻到了台灣就成為夢魘。台灣農委會要求業者趕快移除，認為它是外來入侵的植物，繁殖力強，種子多，沒有天敵，粉紅美景可能造成生態危機。幸好它是北美原生植物，我們還可以浪漫一番。

園內有一叢蒲葦（Pampas Grass），是所有觀賞草中最高大粗壯的，可以高達十英尺以上，站在旁邊，覺得自己很矮小。八、九月間，蒲葦開始抽出花穗，一大束毛茸茸、白茫茫的花序，像一把把羽毛，柔軟蓬鬆。在習習微風中，輕輕飄搖，透出自由奔放的氣息。在夕陽下，閃閃發光，又有粗曠不拘的氣勢。它越長越壯觀，已經擋住部分的步道，更抑制周圍灌木叢的生長，最糟糕的是有嚙齒小動物在草叢內築窩。於是用鐮刀電鋸砍除了地面部分，留下叢生的根部在地底。希望來年它慢慢長大，不要太張狂。根據最新報導，它被認為是高度易燃植物，處於乾燥狀況可燃性高，幸好已除去。

粉黛亂子草開花時，如粉紅雲霧。

猜猜看，誰是野草？

讀樂府詩《孔雀東南飛》，有這幾句：「君當作磐石，妾當作蒲葦。蒲葦紉如絲，磐石無轉移。」詩裡的蒲葦和我們現在看到的蒲葦是兩種不同的植物。Pampas Grass的原生地是南美洲，有人利用它的高度、密度，邊緣銳利的葉子，做成圍籬，保護隱私。樂府詩裡的蒲葦比較小，深褐色的花像熱狗，多生長在沼澤濕地池塘。

還有紙莎草（Papyrus Sedge），屬於莎草科。它大約五英尺高，頂端的花序是由幾十枝幅射狀的細葉散射開來，呈傘狀，像可愛的仙女棒。原產地在非洲北部，埃及一帶。西元前三千年，古埃及人使用紙莎草加工製作成莎草紙，用來書寫繪畫，也可以用來編織成籃子、草席和葦舟等生活器具，到埃及旅遊可以去參觀用紙莎草作畫。

花易凋零草易生，文人筆下的草，有塞外邊草、澗邊幽草，有入簾青草、亂蟬衰草，有疾風勁草、微風細草，總能勾起憂、喜、愛、恨的情懷。藉著草描述勵志、思親、送別、懷念，讀來感觸良多。

這些觀賞草，各有特點，可以當主角，也不在乎當配角，非常溫順隨和。有些品種高、帥、壯，成為目光的焦點，卻表現得豪放淡泊，在空中自在自如。有的品種柔、美、嬌，又像小鳥依人，令人憐惜，不會恃寵而驕，依然輕歌曼舞。相信越來越多人會把這些美麗的觀賞草迎入自己的花園，增添色彩、動感和韻味。

花不知名分外嬌

十八世紀末的英國詩人威廉・布萊克（William Blake）寫過一首詩，〈純真的預言〉，頭四句非常經典，許多名家都翻譯過：

「從一粒沙中看見世界，從一朵野花看到天堂。
將無限握在掌中，剎那中得見永恆。」

一朵不起眼、卑微渺小的野花，富含着無限的活力和能量，顏色斑斕、絢麗多姿。在山邊、在崖上、在田埂、在路旁，自由自在、野生野長，更在意想不到的地方綻放。堅強樸直，依偎著大地。以小窺大，以平凡看不凡，一朵野花可以定乾坤、看天堂，使剎那成為永恆。

園裡野花多，有些是直接撒種，有些是育苗培栽，還有一些是天外飛來，自我繁殖。目的是營造健康友善的環境，幫助傳播花粉的蜂蝶蟲鳥和野生動物，希望牠們蓬勃興旺。同時平衡自然界的生態系統，改善土壤品質，防止水土流失。

東南角的山坡地，日照充分，土壤肥沃。原來種的灌木叢，年深日久，新枝葉掩蓋不住舊枯幹，顯得雜亂無章。毅然清除乾淨，以野花代替，開闢成野花草坡。

野花富含活力和能量。

大波斯菊是最佳舞伴。

訂購野花混合種子的原則是：耐旱耐乾、本地原生、鹿兔不愛，一年生夾雜多年生，花期長，最好一年四季有花開，最重要的是能招蜂引蝶。

撒播花種的時候，許多畫面從眼前掠過。山花如繡頰，幻想坡上野花像一群天真浪漫的小姑娘，滿山遍野奔跑。也想像多種野花盛開，鋪天蓋地，如雪花飄蕩。彷彿也看到一群走鵑在野花叢裡，東鑽西竄，正是「不覺迷路為花開」。不論晴天雨天，微風拂過，春雨洗過，「新晴在在野花香，過雨迢迢沙路長」，千花百草爭秀吐芬芳。萬紫千紅，野花在大地編結出錦繡，柳媚花妍。在園內隱蔽的一隅，野花終年紛紛開且落，靜靜悄悄，無人打擾，自開自謝。

這些野花組合，混雜許多不同品種。播種以後，最快一週，慢一點的大約兩個多星期就開始發芽。從萌芽、成長到開花，根據品種的不同和撒種的位置，大概是兩到三個月。

今春園裡陸續開放的野花有二十多種。

加州罌粟花（California Poppy）廣為人知。每年春天罌粟花綻放的時節，南加州羚羊谷從高山闊谷到平原草地都盛開著，千千萬萬，形成一片花海，吸引無數賞花人。一九〇三年被選為加州州花。早期西班牙殖民者稱罌粟花為「黃金之杯」，傳說中，加州罌粟花瓣會變成黃金，滿溢而出，灑落到四周的泥土地，又名「金罌粟」。

罌粟花大多是橘黃和紅色，株高大約六到十二英寸，細長莖上的四瓣花朵，有絲綢般的質感，亮麗迷人，晚上和陰天花瓣收合。耐乾旱和鹽分，生命力頑強。白色和紅色的罌粟花，是國際公認紀念戰爭中傷亡的戰士和平民，也是和平的象徵。

橘紅色罌粟花旁邊長著藍紫色的魯冰花（Arroyo Lupine），顏色形成強烈的對比，非常顯目。魯冰花也就是羽扇豆，高大亮眼，適合剪下來插花。灰綠葉子有些弧度，幫助收集雨露，傳送到根部，根部相當發達，會從旁再發出一段新莖，長出一支新花。魯冰花的管狀花朵富含花蜜，蜂鳥最愛，金翅雀、暗眼燈草鵐、黃腰柳鶯也常常來訪，一雙雙黃蝶鳳蝶領春風，花花草草中的魯冰花如鶴立雞群，嬌嬈動人。

高大的魯冰花下是迷你矮小、離地面大約八吋高的香雪球（Sweet Alyssum）。撒種後，它長得最快，散播範圍最廣，一年四季開著小白花或紫紅花，一朵朵細小的花簇擁成一個個花球，散發出甜蜜的香味。有些種子飛落到岩石花園，石頭縫中冒出一叢叢小花球，煞是可愛。

春季最後一個節氣是「穀雨」，農民曆上說「穀雨斷霜」，天氣已漸漸暖和，雨也降下了好幾場。更開心的是，夜雨晝晴，一夜綿綿細雨，白天豔陽高照，陽光水分都豐富。雨生百穀，農作物在「穀雨」這個節氣之後，開始茁壯生長，野花也相繼含苞吐蕊。我經常要繞著花兒打轉，端詳細看，瞎猜懵想，這到底開的是什麼花。

最讓人驚喜的是，野花種子當中，竟然有這麼多的茼蒿，初看還半信半疑，再三才敢確認。茼蒿也叫做木茼蒿，或春菊（Mini Marguerite or Crown Daisy），同屬菊科植物，大小略有不同。茼蒿獨特的菊花鮮香，口感清爽嫩脆，快炒、做湯或下火鍋都好，是我最愛吃的蔬菜。光看它翠綠的色澤，聞著獨特的芳香，加上清脆的滋味，就垂涎三尺。菜葉有淡淡的青草味，菜梗爽脆清甜。吃火鍋時，滾水中快燙二十秒，可以吃下一大把，當然一大把也沒有多少，因為茼蒿含水量高，加熱後，體積縮小了一半，一大把變成一大口。所以茼蒿在台語中叫做「打某菜」，丈夫交給妻子一把茼蒿菜去煮，端出來的卻只有一小盤，一定是她在廚房裡偷吃了，生氣地動手打老婆一頓。

茼蒿原產地是地中海南岸，唐宋年間引進中國，成為宮廷佳餚，又被稱為「皇帝菜」。茼蒿美味可口，營養價值高，皇帝愛吃，平民百姓也喜歡。相傳唐朝詩聖杜甫體弱多病，有位老人經常到地裡挖一些茼蒿菜給他吃，病情減輕，健康逐漸好轉。另外一位詩人也是美食家陸游，長齋素食，他的詩中常有白菜、韮菜、黃瓜、茭白……。「小園五畝剪蓬蒿，便覺人間跡可逃」，蓬蒿就是茼蒿。放翁在小小的五畝菜園裡，剪剪沾著清露的茼蒿，心靈已經逃離凡塵，如入仙境，充滿超脫塵世的閒適感。蘇東坡也寫過，春寒料峭時，用茼蒿黃韮做春餅，或嚐一口盤中新摘的野菜，蓼茸蒿筍都可口甘甜，他說，「人間有味是清歡」，世間的好滋好味就在這些美好清新的春蔬中。

Crown Daisy 大約二、三呎高，新生莖葉就是茼蒿菜。花朵像皇冠，有的是白色花瓣、黃色花心，有的花瓣花心都是黃色。

Mini Marguerite 大約六到十吋高，二十片白色花瓣中間是黃色的花心，花朵的直徑約一．二吋，花開到凋謝差不多三個星期。在西方，木茼蒿是送給年輕女孩最好的禮物，象徵少女的天真純潔。十六世紀時，有一個挪威公主非常喜歡這種清新脫俗的小白花，就以自己的名字 Marguerite 為花命名。西方人也用這種花朵來預測愛情，手拿著花，一片片摘下花瓣，口中唸著「喜歡、不喜歡、喜歡、不喜歡……」，數到最後一片時，就可以占卜出戀情。

不論是 Crown Daisy 或者 Mini Marguerite，花葉都可以食用，我捨不得剪下來吃，只想欣賞這些小小的黃菊、白菊。要吃茼蒿菜，還是上市場去買吧。

金盞菊、天人菊、波斯菊、百日菊、松果菊、黑心金光菊，各種菊科野花在園中逐一開放。

橘黃色的金盞菊看起來富麗堂皇，大約一呎高，花朝著太陽的方向開放，日落或陰天就閉合。花朵可以食用。西方人當作香料或食用色素，烘烤糕餅或拌飯時加入，稱做「窮人的番紅花」，番紅花貴氣，金盞菊平易近人，任何人都吃得起。

天人菊的花朵是有深有淺的橘色，最外一圈是明亮的黃色。原生地是墨西哥。傳說中，一個印第安勇士要出征，妻子編織毯子讓他帶著，毯子上有橘色和黃色的線條，每一條代表她對神明的祈禱，保佑夫婿平安歸來。還有一次，她的女兒在深山裡迷路，只好在山裡過夜。第二天醒來，身上滿滿覆蓋著橘色和黃色的花朵，為她擋寒。從此這種花被稱為「印第安毯子」，我們稱為「天人菊」。

總以為波斯菊應該和波斯有點關係吧？其實不然。它的原產地是墨西哥和中南美洲，經過波斯，輾轉傳到中國。瘦瘦高高的莖可以長到一公尺，看來弱不禁風，細莖上頂著大大的花朵，八、九片粉紅、淺紫、白色的花瓣中是黃色花心，隨風搖擺，是最佳舞伴，充滿活力和動感，適應力和繁殖力都強，花謝花開不停，優雅又奪目。學名Cosmos，希臘文原意是宇宙、和諧、善行，帶給它很正面的形象。朋友在台灣農村的土地大規模栽種波斯菊，形成美麗的花海。春耕時間到了，就把花葉剷除打碎，和進泥土裡。這些波斯菊的作用是景觀綠肥，使土壤更肥沃。

曾在一本太空雜誌翻閱到一篇有趣的文章，標題是〈太空中的花園：第一朵百日菊在太空中開

高大美麗的飛燕草全身有毒。

罌粟花是黃金之杯。

花〉，從此，對百日菊印象深刻。

太空站在此之前成功地種出生菜和向日葵，但是百日菊對周遭的環境和有限的陽光比較敏感，生長週期又長，任務更加艱難。有一位太空人負責澆水照顧這株百日菊，當第一朵橘中帶黃的花綻放時，給遙遠寂寞的太空帶來生命力，花開的喜悅傳送到地球。

百日菊花期很長，從暮春開到仲秋，只要每天有六小時日照，不必澆太多水，無需特別照顧，輕輕鬆鬆。花朵顏色豐富鮮豔，橘、黃、紅、白，還有紅白夾雜、黃橘雙色，重瓣的、單瓣的，花莖長又挺，適合插花。莖的頂端開出第一朵花以後，長出側枝，側枝開的花比第一朵花更高，一朵比一朵高，又名「步步高」。

最容易生長的野花，紫錐菊和黑心金光菊應該排名在前。不需要綠手指，種子一撒，幾乎可以高枕無憂，等著花開。紫錐菊花高大約兩呎，漫漫夏日，花開不斷，充滿花粉花蜜，蜂蝶都愛；花開過後，種子留在花上，鳥兒又可大飽口福。紫錐花做為藥用，治療傷風感冒、呼吸道感染、增強免疫力。

山坡地種黑心金光菊最適合，它的根部發達，護住泥土不坍塌。將近一呎高，十幾片花瓣中間是深褐近於黑色的花心，從春末開到初冬霜降，和紫色的紫錐菊搭配完美。

這批野花當中還有高大的飛燕草，粉紅、藍、紫、白，花朵雖美，全株有毒，尤其是種子。黃色的西洋蓍草卻能拿來製藥，發燒感冒都有幫助。月見草在傍晚月亮出來時開花，天一亮即凋謝。種子可以提煉成精油，用於芳香療法。嬌小玲瓏的藍花亞麻，從暮春開到夏末。五片紫蘿蘭色的花瓣，優美精緻。

小時候去遠足，回來後一定要作文。對旅途上看到的花花草草，總是用一句「不知名的小花」交待過去。其實也怪不了我們，南宋詩人楊萬里不也這麼說嗎，「野花山果絕芳馨，借問行人不識名」。野花和山果有絕世的芳香美味，問問路邊的行人，卻沒有人知道它們的名稱。

園裡有修剪整齊的玫瑰花，有花籽撒到哪裡就長到哪裡，亂生亂長的野花。野花當初不知從何處來，現在已經四處生長。當一朵野花著實不易，可能被拔除，可能被鏟平，漫長歲月中，拔了又長，除了再生，持續不斷，堅不可摧。不知名的山花、亂花、野花，清新自然，又頑強不屈，迎風遍地開放。

亂花漸欲迷人眼

「我漫步叢林中，
徘徊在綠葉間，
聽到一朵野花
正在歌唱。

我睡在地底，
在寂靜的夜晚，
低聲細訴我的恐懼，
也感覺到一絲歡喜。

清晨我出現，
紅潤如黎明，
去尋覓新的歡欣，
唉！卻換來一場譏諷。」

這是英國詩人威廉・布萊克（William Blake）寫的一首詩〈野花之歌〉（The Wildflower's Song）。

詩人替一朵平凡的小野花道出了心聲。微不足道、毫不完美的小花，安靜地生長在泥土中，置身於叢林綠葉間，心中驚懼害怕，卻抱著一絲歡欣；被冷淡忽視，甚至冷嘲熱諷，仍有一股堅強的意志力，滿懷信心和希望。它付出喜悅，不求回報，是單純的快樂，也是生命的象徵。

家園中撒種栽培的野花草坡，畢竟是經過人為的經營，選擇花種、清除雜草、翻土剷地、噴灑澆水，打理過後，種子才有機會萌芽開花。園內東北邊是從未開闢的山坡谷地，多的是一廂情願來的真正野花，一簇一叢，滿山遍野，沒有界限，不拘範圍，大小形狀顏色各異，變幻多端。它們無拘無束地成長，悠然自得，隨遇而安。無人栽種培植，不必灑水施肥，大自然的手創造出來。年復一年，種子隨風飄散，在適合的角落，落地生根，隨著大地一起呼吸生長。一眼望去無邊無盡，像旅人行在關山道上，只覺得綿延沙路，野花荒草，寂寞漫長。

這當中，加州蕎麥（California Buckwheat）長得最多最廣。數大就是美，粉白米黃一片，景色宜人。這是一種北美洲西南部的原生植物，密集叢簇的硬葉灌木，大約一到六呎高，兩、三呎寬，和荊棘、海岸刺梨、鼠尾草一起，混生四散在乾燥枯涸的山邊谷底。它在沙漠邊、高原上，都可以生存，貧瘠的泥土和各種環境也能適應。

每年四月到十一月是加州蕎麥花朵盛開的季節。白色、黃色、粉紅色、米色，細細小小、玲瓏剔透的花朵，大約幾公分寬，中央伸出細長花葯，看起來像有皺摺的蕾絲花邊。無數繁密的小花聚集成一個個圓球狀，不搶眼奪目，像小家碧玉，低調耐看。花枯了以後，小野花變成鏽紅色、肉桂

滿山遍野開著加州蕎麥和黑鼠尾草。

色或橘褐色的乾燥花。形狀不變，顏色不同，鮮花乾花摻雜一起，深淺各異，別有風情，更加迷人。綠色的葉子很小稍硬，周邊向內卷曲，背面有細毛，這些構造可以隔熱、減少水分蒸發，更能適應乾旱酷熱的氣候。

長風吹來，加州蕎麥花像金黃麥浪高低起伏，蜂蝶忙碌地採集花蜜花粉。它是南加州蜂蜜最主要的植物來源，這種蜂蜜有一股獨特的香味。

西海岸的美洲原住民拿加州蕎麥來食用和藥用，葉子、根部、花朵都充分利用。它可以幫助水土保持；吸引傳播花粉的蜂蝶益蟲；曾經被野火、水患、有毒物品肆虐過後的土地，可以靠它恢復植被再生，它更是庭園中美麗的一景。

走過加州蕎麥灌木叢邊，經常遇見一些野生動物。野兔田鼠鑽進鑽出，野鹿山貓遠處窺伺，蜥蜴長蛇徘徊其間，鵪鶉雉雞啄食花種，各取所需，各得其樂。斗轉星移，節氣變化，從春回大地，炎炎夏日，到蕭瑟秋冬，加州蕎麥也從小白花、綠莖葉變成枯萎鏽紅的植株，依然楚楚動人。一年到頭，它默默散落坡邊谷中，吐露芬芳，更無怨無悔地提供蜂蝶鳥獸食物和棲息之地。

混雜生長在加州蕎麥中間的是黑鼠尾草（Black Sage，學名 Salvia Mellifera）。它的拉丁原名顯示出這種植物的特點。Salvia 意思是「I am well」，我很健康。Mellifera 是「Honey bearing」，荷載蜂蜜。

黑鼠尾草的花蜜非常甜美可口，品質純淨，有一點點特別的胡椒味。有些養蜂人去野外尋找生長著黑鼠尾草的地方來養蜜蜂，生產優良的蜂蜜。

在健康療癒方面，黑鼠尾草功效很多。用它做成精油、草茶、薰煙，對消化、循環和呼吸系統都有益處，睡前點支黑鼠尾草薰香，一夜好眠美夢。美洲原住民使用它的歷史悠久，泡澡足浴加一點，身體不適都不藥而癒。

黑鼠尾草是四季長青的灌木，原生地是加州海岸，耐寒耐熱耐乾旱，高約三到六呎，寬約四呎。花朵的顏色有白色、淺藍、淡紫，從初春開到初秋。深綠色的葉子有濃郁的薄荷香，極度乾燥的氣候下，植株變成暗黑色，被稱為「黑鼠尾草」。

加州蕎麥和黑鼠尾草的花都開得繁盛茂密，色彩淡雅素淨，不驚人、不吸睛。不需要任何關懷照料，也不搶著引人注目。旁邊的另一種猴子花（Sticky Monkey Flower）就相當鮮豔奪目。

猴子花的顏色有橘、黃和紅色。最有趣的是它的名字，來自花瓣的造型，像是一張猴子的笑臉。英文名字加上Sticky是因為它的葉子會產生一層黏黏的樹脂，毛毛蟲吃了，覺得很飽，可以保護葉片不會被過分啃食。季節過後，毛毛蟲變成蝴蝶，它也會減少產生這種樹脂。

猴子花生長在加州沿海的岩石岸、灌木叢，已經有數千年的歷史。它可以活幾十年，易生易長，不拘泥土，耐旱喜光，種在庭園觀賞，毫不費勁。大約四呎高，花朵約一、二吋寬，春夏盛開，管狀的花朵適合蜂蝶採蜜。園內有十幾株猴子花，多是橘色和黃色，和周邊粉紅、淺橘、鵝黃的仙人掌花十分匹配。美洲原住民用它美麗的花朵編織在女童的髮辮上，或花環佩戴。

園內可以食用的野生植物很多，猴子花是其中之一。它的花、葉、根都可以入菜。有人拿來當沙拉，吃起來像菠菜，或當香料調味，嫩葉有一點微苦的香草味，大多數人是用清新豔麗的花朵當作擺盤裝飾。大自然不會把植物分類，什麼該長在菜園、果園、花園或香草園，我們家可以吃的猴

猴子花像猴子的笑臉。

子花就長在荊棘密布的仙人掌叢裡。

一天傍晚，正在爬坡，忽然瞥見一叢似曾相識的紫紅花，長在布滿岩石的斜坡上。「煮飯花！」我驚叫起來。小時候家裡的竹籬笆前有幾株，我清楚地記得，媽媽告訴我，煮飯花都是在傍晚，家家戶戶煮晚飯的時候開花，才有這個名字，又叫做「紫茉莉」。

園裡這株和兒時見到的煮飯花有一點不同。紫茉莉或煮飯花的英文名字是Four o'clock，也就是傍晚四點鐘花開，到第二天早上十點左右閉合，中文名或英文名都顯示它的特性，晚開早合。從它的另一個名字Marvel of Peru可以知道，它的原產地是南美洲祕魯安地斯山區。園裡的這株叫做Desert Wishbone-Bush，是近年來植物學上從原本的紫茉莉科重新界定出來的品種。它的莖部像家禽的叉骨，以此命名。它生長在灌木叢林、山坡河岸、斷岩絕壁。高約一到三呎，一吋的小花有桃紅、紫色、紅色、白色、雙色或多色相雜。

紫茉莉曾被廣泛栽植，老祖母時代的農舍小屋都會種幾棵，自我繁殖快，不需費心照顧。俗名也相當多，煮飯花、洗澡花，是因為開花的時間，正是農家主婦趕著回家生火煮晚飯、幫小孩洗澡的黃昏。烏黑發亮的圓形種子，表面有皺褶，像小型的地雷，又叫做「地雷花」。

它的種子有祛斑美顏的功效，又名「胭脂花」。《紅樓夢》平兒理妝那段，就提到紫茉莉花。書中寫道，平兒被主子王熙鳳氣哭得披頭散髮、涕泗滂沱。賈寶玉把她帶回怡紅院，換了衣服，洗淨臉，到梳妝台前坐下，……將一個宣窯瓷盒打開，裡面盛著一排十根玉簪花棒，拈了一根遞與平兒，又笑向她道：「這不是鉛粉，這是紫茉莉花種，研碎了，兌上料製的。」平兒倒在掌上看時，

煮飯花、洗澡花都是紫茉莉。

美麗的毒花曼陀羅。

果見輕白紅香，四樣俱美，撲在面上也容易勻淨，且能潤澤。純天然的紫茉莉花粉，美白又護膚。我們真應該在園裡多種一些，就不必買化妝品了。

如果說煮飯花、洗澡花太鄉土味，另兩種野花的名字就十分唯美，有哲學意味，適合當小說的書名：菟絲花、曼陀羅花。

也許有人對菟絲花存著美麗的幻想，認識它之後，恨不得除之為快，而且越快越好，否則被它纏上身的植物，必死無疑。

會有這種美麗的幻想，由來已久。古詩十九首寫著：「……與君為新婚，菟絲附女蘿。菟絲生有時，夫婦會有宜。……」詩人自比為菟絲花，丈夫比為女蘿草。女蘿草是一種地衣類的植物。女子希望依附著丈夫，糾結纏綿，難分難捨。

詩仙李白寫道：「君為女蘿草，妾作菟絲花。輕條不自引，為逐春風斜。……」李白也是以菟絲比做妻子，女蘿草比做夫君，希望能夠永結同心，接下來，「百丈託遠松，纏綿成一家。……」

纏綿成一家，糾纏不休，攀附寄生，正是菟絲（Chaparral Dodder）的特性。它是旋花科草本植物，一年生的無根草，開白色小花，沒有葉綠素，柔韌的細莖閃爍像黃金般的細絲，每年春天就會在野地山谷出現，金黃燦爛，像一片金色大蜘蛛網覆蓋在寄生的植物上，吸收宿主的養分存活，被寄生的植物就逐漸枯萎甚至被絞死。

這種有害植物，對於經濟作物是一大災難。幸運的是，我們家的菟絲只稀疏地長在谷底深處，比較接近的馬上徹底剷除，絕不手軟。稱它為致命的吸引力，完全沒錯。

園中山邊小徑有幾株開著白花或淺紫花，美麗動人的植物。五、六片花瓣大約五吋寬，形狀像個小喇叭，也像大型的牽牛花。春生夏長，直到秋天。清晨和傍晚開放，烈日當頭就合起來。看到這外型純潔優美的花，我拿起隨身攜帶的大剪，毫不猶豫，一律剪除。會辣手摧花，就因為它全株有毒。它是曼陀羅（Jimson Weed，又叫做Jamestown Weed）。名稱來源是因為在西元一六七六年，維吉尼州的詹姆斯鎮，許多士兵在沙拉中誤食了這種植物，集體中毒。這些年，也時有聽聞食用吸聞曼陀羅的意外事件，提醒人們路邊的野花不要摘。

不慎使用曼陀羅，會造成失智、狂喜、發瘋，甚至癱瘓、昏迷、死亡。一刀兩刃，它的葉子和種子可以製藥。武俠小說裡提到讓人昏倒的蒙汗藥，就是用它做的。

曼陀羅的美麗和劇毒，令人愛恨交加。不知道二十世紀的藝術大師喬治亞．歐姬芙（Georgia O'Keeffe）在畫〈曼陀羅花／白花一號〉時，心中的想法是什麼？她這幅一九三二年的油畫，在二〇一四年紐約蘇富比拍賣會上，拍出了女藝術家作品的最高世界紀錄。

她說：「當你仔細注視緊握在手裡的花時，在那一瞬間，那朵花變成為你的世界，我想把那個世界傳遞給別人，……」她又說，「若將一朵花拿在手裡，認真地看著它，你會發現，片刻之間，整個世界完全屬於你。」

園中這片曠野，處處野花發，引飛蝶，迎啼鳥，日出日落，風中雨裡，花默默地開，靜靜地凋謝，生命力強，繁殖力快。野花不一定期盼有人認真地看著它，而我們置身其間，接近自然，帶來正念的認知和心靈的平靜。

浪漫的薰衣草

又到了「遲日江山麗，春風花草香」的季節。推開窗戶，迎來的是沁人心脾，芬芳馥郁的煦煦微風。閉上眼睛，深深呼吸，空氣中，若有若無的是已漸凋謝的迷迭香，清新濕潤的是泥土和青草的芳香，讓人放鬆自在的是逐漸開花的薰衣草香。

幾年前一個早春的清晨，悠閒地走下庭園的石階。剎那間，眼前出現驚人的景象，當場愣住了。

滾滾黃泥水從東邊的山坡頂上沖了下來。前兩天接連大雨傾盆，此時天空飄著毛毛細雨，哪裡來的泥水呢？園裡的三個小池塘順著地勢，高低排列，聽流水聲，看潑濺的小浪花，十分愜意。現在池塘被淹沒了，旁邊的步道無影無蹤，周遭的大小植物全泡在泥水裡。

趕到的園丁用抽水機抽了兩天兩夜，積水消了，只剩泥濘一片。

鄰人氣急敗壞地過來道歉。這位充滿創意的仁兄，正計劃在兩家之間的斜坡蓋一道古意盎然的石牆。為了呈現歲月滄桑的痕跡，找來一批斑駁蒼舊的石塊，不規則、不對稱，也沒經過批准，就隨意搭砌起來。大雨降臨，沖垮了石牆，他家地勢高，急湍的雨水挾帶黃泥石塊枯枝敗葉，一起都沖刷到我們園裡來。

鄰人帶了幾個幫手，開著推土機，馬上修整清理我們這片狼籍的庭園。一刻不停，努力工作，

薰衣草有浪漫美麗的故事。

終於土地清出來了。光禿禿的一片黃泥地，要種上什麼來美化呢？

西邊庭園的山坡種的是薰衣草。這是有一年到法國普羅旺斯旅遊時，參觀當地的薰衣草園，看到一波波紫色的花海，怦然心動，決定效法，回家後培養出來的。

那是一個七月初的午後，在普羅旺斯的鄉間，漫步於一排排的薰衣草叢中。輕拂在腿邊的是藍紫色的花朵，聞著空氣中甜美的花香，遠處是搖搖欲墜的農舍，一間矗立在草原當中的石頭村屋，更遠處是四散的樹林，山坡邊的鄉下小茅屋，圍繞著紫色花田的是黃澄澄、圓滾滾的向日葵，還有一層層隨風起伏、綠色的麥浪。初夏的陽光已相當灼熱，腳底下的土地好像也是熱呼呼的，滿山滿谷的藍色和紫色，無邊無際。整個山谷充滿了蓬勃的活力和跳動的喜悅。

旅遊歸來，這些景象還深印腦海，隔年，一片薰衣草坡就在吾家花園出現了。點綴在淺紫色法國薰衣草之中的是，開黃花的西洋蓍草和開橘紅花的矮種石榴，背面是八英尺高的深綠色女貞樹籬。夕陽西下前，餘暉燦爛，這片山坡也像鍍金似的明亮光耀，色彩更加鮮豔濃郁，尤其是在三四月春到人間時。

鄰人經過我們家，一定會看到這片薰衣草坡。他一刻不停地處理善後，不知道什麼時候，已經運來上百株薰衣草苗，打算依樣畫葫蘆，為我們東邊的庭園添上另一個薰衣草坡。我們也不反對。

薰衣草有四、五百不同種類，區分成三大品種：英國、西班牙和法國品種。我看鄰人從四處苗圃蒐購運來的，包羅了三大品種。這時，對培植栽種頗有心得的外子必須下指導棋了。

首先，鋪上有機泥土，把準備好的土地由下往上層層分隔，每層階梯同一水平方向剷平，每層挖掘出十幾個苗洞，一個蘿蔔一個坑，延續種植，株與株之間相隔約三英尺，前方還要留出位置，寬度容許一人步行，將來採花修剪才方便行走。只見他們拉直麻繩，算計尺寸，整齊有序地一株株栽種。

不論是盆栽或種地，三種薰衣草都適合。陽光充分，排水良好，土壤偏砂質，少施肥，少澆水，不難養植。三個品種的外觀有些不同，英國種的葉子平滑細長；法國種的葉子銀灰綠色，鋸齒狀、搓揉下發出香味；花朵也各有千秋，英國品種的顏色較多變化，深紫、淺紫、天藍、水藍、乳白、淺米色都找得到，花莖細長；法國品種的花朵多是淡紫色；西班牙種的花朵最特別，小小圓錐型，上端是三片兔耳朵狀的薄薄花瓣，鮮豔的亮紫色。英國品種的花香濃郁，適合用來提煉精油；其他兩種香味較清淡，用途較少。

成株的高度，英國品種最矮，大約三十到五十公分高，法國品種最高，大約六十到九十公分高，西班牙品種在兩者之間。我們栽種法國品種最多，它的花期最長，從冬末開到初秋，蜜蜂蝴蝶都愛來造訪。在普羅旺斯的薰衣草園種植的多是英國品種，花期較短，六月底七月初開花，七月中開始收割，八月中旬花季結束。

自從薰衣草長大開花，每年的情人節就省事多了。當天外子會採剪一大束薰衣草，去掉底部的葉子，插在寬口玻璃瓶裡。浪漫的紫花芳香襲人，高雅清秀。他還會強調說，古歐洲人就是送薰衣草，表達愛意。

薰衣草的歷史久遠，西元前三千一百年時的埃及人製作木乃伊時，會添加薰衣草的芳香來防

紫花芳香飄盪。

腐。古羅馬人把它放在衣服內、床鋪上、洗衣水中，公共澡堂的洗浴水池裡也會添加幾枝。自古以來就有清淨、純潔、保健、醫療作用的說法，地中海區域、中東和印度等地，兩千五百年前就已普遍栽種使用。傳說中，聖母用浸泡過薰衣草的水來洗滌聖嬰的衣服襁褓，它有純淨保護、驅除不潔之物的意義。薰衣草的英文lavender源自於拉丁文lavare就是洗濯的意思。

薰衣草有很多浪漫美麗的故事。廣為人知的是，世間女孩和來自天上的天使相戀，天使離開後，女孩化做一支小草，開著紫花，癡癡地等待天使回來。小草就是薰衣草，寓意「等待愛情」。

這些年，我們園內的薰衣草增加很多。花開花謝後，種子隨風飄散，落在泥土中。春雨過後，生命力頑強者，就會冒出新芽。初春時節，從山坡地、步道上、石縫中，挖出許多幼苗。選擇優良健康的植株，扦插培植在小盆裡。在培養、挖掘、種植、澆灌、修剪的過程中，像藝術家一樣，設計形狀，調和色彩，配合高度，觸摸質感，完成一件一件的藝術品。更要學習指揮家，讓這些植物協調地生長，合奏出最優美的樂章。

在許多香草植物當中，薰衣草的用途最廣。最特別的療效是讓心情平靜、放鬆。滴幾滴精油在噴霧器裡的芳香療法，可以達到調整情緒、鎮靜心靈、助眠減壓的作用。

利用自家庭園的薰衣草，隨時隨手都可以插瓶花、做花束、編花環、乾燥花。客人來了，逛完花園，順便剪一把帶回家，芳香可以持續數日，花朵枯萎，色彩仍在。

許多香草都可以入菜烹調，看過薰衣草食譜嗎？我們聽聽四百年前，威廉·莎士比亞在《冬天的故事》的一句台詞，「這些花朵送給你，熱騰騰的薰衣草、薄荷、百里香和墨角蘭。」

薰衣草帶來跳動的喜悅。

花朵枯萎，色彩仍在。

仙人掌奇緣

在台灣時，氣候潮濕多雨，不適合仙人掌生長，對它不是很了解，唯一沾上一點邊的是經典電影《仙人掌花》。歌蒂・韓演活了那位純真又淘氣，易於相處又難以應付的姑娘。刁鑽精靈，張著一雙溜溜轉的大眼睛，迷死了電影中演牙醫師的華特・馬修，也贏得多少為她神魂顛倒的影迷。傑出的演技榮獲奧斯卡金像獎女配角，魅力歷久不衰。那個時代，苗圃的仙人掌花忽然很暢銷，許多男生買了去討好心儀的女生。外表看起來不起眼，混身是刺，內心甜蜜溫暖，開放出美麗的花朵，恰似女配角。

家園土地還未開發前，到處亂長的是海岸灌木和仙人掌。這種遍布在美國西南部，尤其是德州、新墨西哥州、亞利桑那州的原生植物，名字叫做「海岸刺梨」（Coastal Prickly Pear），是通稱仙人掌的一種。這些沙漠植物不畏乾旱炎熱，為了適應缺水的氣候和環境，莖部肥厚扁平，一叢一簇的尖刺其實是它的葉子，一方面減少水分蒸發，同時保護不被動物啃咬。海岸刺梨春夏間開滿嬌豔的花朵，鮮黃、粉紅、紫紅薄薄的花瓣，呈波浪狀，中心一簇金黃花蕊。花朵謝了後，結成紫紅色的果實，圓棒棍形狀，上端平齊，果皮上有深色的刺。

鄰居在整地蓋屋時，大多把這些海岸刺梨剷除得乾乾淨淨。我們知道，住在這裡，瀕臨絕種的灰藍蚋鶯以海岸刺梨為主食，不忍斷了牠們的食糧，決定保留下來，更從山坡頂端開始築起了一道

高大擎天，鳥兒來做窩。

仙人掌長城。說是栽種，其實就是從野生的仙人掌聚落，用鋤頭砍下一大塊，丟在要它們生長的地方，一塊接一塊，延續下去。植完一排，再前後左右繼續擺放，增加密度和寬度。不必澆水，不必施肥，什麼都不做。它們看天生長，白天驕陽曝曬，不會葳蕤，夜晚濃濃的霧氣帶著水分，吸收起來，夠它們長高長大。乾旱時間長了，頂多莖部較不豐滿，甚至乾扁掉，不至於整株枯死。雨水太多，莖葉爛掉，剩下內部褐色的纖維。數年下來，這些仙人掌竟然蔓延幾百英尺長，五至十英尺寬，綿延起伏，成為壯觀的、帶刺的圍籬。

這些生命力頑強，一碰到泥土就往下扎根的植物，是中國一些農村人家的防盜設備。泥土搭建的院牆，牆邊種上幾株仙人掌，不怕宵小攀爬翻越，也防止禽鳥獸畜來糟蹋栽種的作物。

更有趣的是它還可以防小人。有位朋友住在大廈高樓，有一回去拜訪，看到入門處擺了兩盆仙人掌盆栽。我問主人，「走廊沒有天然的陽光，絕對養不活仙人掌，怎麼會擺在這？」他尷尬地笑笑說，「最近人事上有些不順，朋友建議擺放有尖刺的植物，可以把小人擋在門外。」我恍然大悟，仙人掌防盜也防小人。這風水招式用尖刺的氣場排斥是非混亂，算是一種心理建設。不知道他是否擋掉小人，確定的是那裡絕對不是仙人掌的家。

海岸刺梨長在山坡最高處，從屋裡看不到它們背後的景觀。一位老友來家中小住，我們下班回家，他不好意思地說，「我白天看書看累了，出去園裡逛逛，看到這堵仙人掌牆，真害怕什麼時候一群印第安人騎馬從山上殺下來。只好倒杯酒喝，壯壯膽！」我們笑他，「西部片看多了，想喝酒，還找得出這種理由。」

仙人掌開出純潔的大白花。

沙漠英雄。

鮮黃色海岸刺梨花令人驚豔。

沒有印第安人殺下來，倒是見過野騾鹿飛越仙人掌叢，三兩下直奔玫瑰園大吃大嚼。這道長城是許多野生動物的家園。棕灰色有個白茸茸尾巴的棉尾兔，白天全都聚在草地上啃咬，夜幕低垂時，一隻隻溜進仙人掌家窩，睡個好覺，等待天明。牠們的鄰居可能是田鼠或松鼠，高處的窩巢住的是貓頭鷹，不畏針刺，安然自在。蜥蜴老兄不安於室，從這株鑽到另一株。勤奮的蜜蜂在遠遠的長城深處吊掛著蜂巢，忙碌地採花粉，釀蜂蜜。整個夏天都可以聽到響尾蛇在仙人掌區嘎啦做響，向我們示警，「別來惹我！」

南加州每年九月到十一月常會刮強烈的焚風，引發山林大火。氣候暖化，情況越來越嚴重。去年發生了兩次，山林野火燎原不可收拾，燒到離家數哩之外，很多親友被迫從家裡撤離。我也把家中細軟和重要文件打包，放在車上，準備隨時逃離。外子卻不動聲色，老神在在地說：「山坡上那一堵仙人掌牆的下坡處，每年春天，我都把雜草枯枝落葉清理乾淨。仙人掌莖肥厚多汁，耐旱耐火，就是我們家的防火牆。」其實他也知道，沒有所謂的「防火植物」，只是安定人心，指出仙人掌是耐火植物。

仙人掌蔓延迅速，造成了一些災難。澳洲、紐西蘭部分區域，每年必須大量清除掉，怕它們侵佔吞食了農作物生長的地方，造成農業的損失。我們也把海岸刺梨規劃在一定的範圍，不讓它們太超過，影響其他植物的生存空間。

沿著登山步道上行，大片的海岸刺梨就在數步之遙。春夏開花季節，放眼望去鮮黃嫩綠、紫紅橙橘，坐在石墩上看著白雲從它們的盡頭緩緩飄向藍天，雖不是行到水窮處，也坐看雲起時了。

高大堅強的仙人掌。

海岸刺梨的花朵美麗，果實可食，像小號的火龍果。果肉含有很多維生素和蛋白質，可以降血醣、降血脂、抗發炎，還可以瘦身。雖然不習慣吃它，朋友造訪時，也會炫耀自己築的萬里長城，還得意洋洋地說，「萬一飢荒災難來臨，不要怕，逃到我們家來，這些海岸刺梨的果實和肥莖，保證讓你餓不死，渴不了。」事實上，吃了就知道，甜甜的，形狀像梨，味道似瓜，平淡無奇。

有一次，花落結果的時節，朋友來逛花園。看到結得滿坡都是紫紅果實，飛奔過去，還來不及警告，已經聽到一聲慘叫。她的手被果實上的尖刺扎到了！

經常要披荊斬棘，砍枝斬草，到哪裡都隨身攜帶需要的工具，有一個寶貝總是在口袋或工具箱裡，就是小巧的鑷子。樹叢花間難免沾到芒刺，小小一點非夾出來不可，否則痛得難受，特別是仙人掌刺，就算戴了長手套也不一定能避免。

附近苗圃知道我們喜歡仙人掌，有比較特別的品種就會通知。園裡的仙人掌區有的高大擎天，有稜有角；有的狀似黃色大圓球，布滿長刺；或者像一根大金剛棒，矗立在群雄當中；還有混身長滿白茸茸的細毛，開著細小紅花；或者通體平滑無刺，開出朵朵純潔大白花；有一株主幹粗壯，分枝向四面八方延伸，必須用一根根支架撐起，已經擴展出很大的版圖。還有一種紫色仙人掌，萬綠叢中一點紫，別緻耀眼。春夏之際，不論是掌形、球型、柱型、棒形、蟹爪形、團扇形的仙人掌，陸陸續續開出澄黃、翠綠、雪白、火紅的花朵，招蜂引蝶，群鳥駐足。

世界上的仙人掌有兩千多品種，我們擁有的只是少數幾種，卻在庭園歲月中，學習到許多功課。人稱仙人掌為「沙漠英雄」，為了在嚴峻的氣候環境下求生存，莖葉形態令人驚奇，是生命努力的奇蹟。外剛內柔，在堅強的外表下，卻爆發出五彩繽紛的花朵，令人驚豔。只能遠觀，不能近玩，令人起敬。看到這麼多野生動物依附它們生活，包容萬物的精神更令人讚嘆。

星空下的饗宴

一直就喜歡在戶外用餐。設計庭園時，考慮到這點，室外壁爐、照明設備、吊扇、插座、烤爐、冰箱、水槽、吧台等必要設備都齊全了，舒適的餐桌椅更是必需。住加州，一年四季都適宜在庭園用餐。每天必問，「今天吃什麼？」，接下來的是，「在哪裡吃？」哪裡指的是室內或戶外。

最近的西班牙行，小鎮旅舍的用餐過程印象深刻。第一道開胃菜和餐前酒是在二樓的露天陽台展開，精緻的一疊卡片有一半是浮印文字，體貼盲人閱讀，介紹每一道菜的歷史背景。黑橄欖、蘑菇、蛤蚧、小蝦、玉米都是自家農田小溪出產。淡淡花果香的威末酒是家族酒莊釀造。除了酒菜內容，也介紹了客人落座的地理位置是「屋前」。坐在綠色盆栽圍繞的陽台，清楚地看到對街是小鎮最重要的景色——十二世紀建造的古老教堂。路邊有一座久無人用的電話亭，青苔斑駁的石椅，旁邊橘紅色的天竺葵盛開，遠山近嶺，雲霧繚繞。三位妙齡女孩輕裝騎著單車，飛馳而過，長髮飄揚空中。

第二道菜是下樓站在前廊的吧台享用。喝著清燉肉湯配可樂餅，主人告訴我們，這是以前媽媽瑪莉莎常做給孩子們吃的。吃著媽媽的味道，腳下踩著十七世紀就在這裡的砂岩方石，當年的小客棧，隱藏在樹林裡，四周只有泥土和乾枯的落葉。驛馬車帶著絡繹不絕的旅客，下了馬車，跨過石門檻，迎接他們的就是這一碗暖呼呼的肉湯。

戶外用餐，時間的腳步慢下來。

主人說，要衷心感謝這片土地，一季接一季，供應我們充足的食糧，養育牲口，我們和大自然緊密聯結，無憂無慮地工作遊樂，每一個日子都是那麼美好滿足。這不就是莊子說的，「含哺而熙，鼓腹而遊」，吃飽喝足，悠閒安樂的境界了嗎？

日出日落，歲月流逝，溫情一代代相傳下去，奠定了穩固的基石。傍晚的習習涼風吹在皮膚上，不禁把圍在身上的絲巾拉緊些。

多年前到土耳其旅行，在伊斯坦堡岸邊吃海鮮的一幕歷歷在目。博斯普魯斯海峽就近在咫尺，連接黑海和世界上最迷你的海，馬爾馬拉海。戶外的木地板上是一條長桌，滿滿的魚蝦貝蟹，活蹦亂跳。挑選了一條大魚，廚師剖開魚肚，清腸除鱗，看魚鱗飛濺，等著享受美食。我們做清蒸活魚，會加上蔥薑料酒。他什麼調味料都不加，只撒了一些海鹽，簡單的烤魚，味道清爽純正。

鹹鹹的海風吹來，淡月疏星緩緩出現在亞洲大陸的海平面上空，海鷗疾飛而過。海天浩渺，腳下踩著的細沙溫暖潔淨。

戶外用餐，腳踩泥土或足踏海沙，遠眺山巒或近看浪濤，大地的能量一點一滴地注入體內，每一口咀嚼吞嚥，都那麼清澈明亮，增添了生機活力。普普通通的飲食也能讓人吃出鮮美，色彩更豐富，氣氛更濃郁，更能體會到日日是好日的幸福感。

幾個月前，園內需要一些油漆工作，請來的一對丈人女婿搭檔從遠處開車來。為了避開交通擁擠時段，清晨就出門。他們準備了餐點，花園裡的餐桌正好使用。兩人來自天然風光迷人的土耳其，很快融入庭院裡的花草樹木間。年輕的女婿剛從法學院畢業，準備考律師執照前，來幫忙岳父，午休時餐桌變成書桌。他說，平常都戴著耳機，聽功課或聽音樂，到我們的家園，處處聞鳥啼蟲鳴蛙叫，是天籟之音，不戴耳機了。我說，你的決定真對，在花園裡，視覺和聽覺寧靜平和，帶來感官上的愉悅快樂，會喚醒大腦神經，感覺更靈敏，學習更有效，考執照一定順利。他聽了十分開心，覺得成功在握。

老丈人拿出午餐，吃得津津有味。我想起在土耳其旅行時，每天都要喝茶伊（Cay），也就是土耳其紅茶。走累了，找間茶館，坐在人行道喝起來。他們用專門的雙層茶壺烹煮茶葉，接著倒進細腰無把手，像鬱金香凹凸形的玻璃杯，盈盈一握，底下是玻璃茶墊托著。茶伊裝在透明小杯裡，色澤紅亮如琥珀，不可思議地優美。滾燙的茶伊充滿魔力，我帶回來一套茶具，現在來了土耳其人，趕緊拿出來。他竟然說，如果不麻煩的話，可不可以喝一點你的草藥茶？哈！他注意到我這杯酸甜苦辣茶，檸檬、紅棗、薑片、苦瓜乾、丁香、枸杞、肉桂，全倒進一鍋煮沸，涼後稍微過濾，裝進杯裡，上面擺一枝開著紫花的迷迭香，材料大多來自家園裡。

坐在陰涼的樹蔭下，喝杯熱騰騰的茶伊，或啜一口新鮮的草藥茶，或者準備一壺冰透的氣泡水加幾片萊姆、幾葉羅勒，時間似乎慢下來了，日常雜務暫丟一邊，靜靜享受這玉液瓊漿。

夏天是番茄收成的季節。櫻桃小番茄又名聖女果，形狀像一顆愛心，小巧玲瓏，顏色有黃紅橙綠紫，五彩繽紛。隨手摘一些，加上去年春天醃製的梅子，和點蜂蜜，撒上一小撮香味濃郁的金桂花，稍微冰鎮，酸甜可口。往石階上一坐，腳下青草輕拂足跟，嚐幾口酸梅番茄，平常日子添了淡淡的芬芳。

喝杯熱騰騰的茶伊。

花園裡的餐桌。

園裡種了數株巨峰葡萄，幾年下來，彎曲粗壯的葡萄藤纏繞架上，青蔥翠綠的葉狀如鵝掌，脈絡清晰，密密覆蓋了棚架。最近學會做希臘傳統美食（Dolmades），剪下幾片新鮮葡萄葉，洗淨焯水。內餡是肉末、大米、松子、無花果乾、葡萄乾、碎洋蔥，拌橄欖油、檸檬汁，發揮創意，隨自己的喜好添加內容，調味拌炒，每片葡萄葉包著餡料蒸熟即成。葡萄葉的獨特清香和原味食物搭配得宜。

小時候看外婆包粽子，鹹甜鹼粽，都美味可口。五花肉、鹹蛋、栗子、紅豆、糯米、香菇、粽葉，初夏時就開始準備得滿盆滿缽，等著包細炊煮，粽子飄香。沒有學會包粽子，地中海式的葡萄葉卷飯，較易上手。

葡萄架下有套柚木餐桌椅，經年風吹日曬，已經相當老舊。從籐蔓葉縫灑下的點點陽光，在桌上輕躍跳動。剪幾束橄欖枝，插進昔日鄉村裝牛奶的鍍鋅罐子，枝上稀稀落落掛著的青橄欖，微風中搖曳。兩隻嬌小的暗背金翅雀，黑背黃腹，歌聲清亮，在葉叢中啄食跳鬥，玩得起勁。紫色巨峰葡萄中夾雜了幾顆半綠半黃，成熟待摘，鳥兒看了也垂涎。

餐桌的擺設美感非常重要，古語說，美食不如美器。粗茶淡飯，也可以美美地吃，佳餚珍饈就更要精緻餐具烘托，塑膠杯盤刀叉當然不列入考慮。

兒子讀小學時，學校圖書館舉辦花園餐會籌款，幾十張餐桌由家長登記，負責布置推銷，主題是一本兒童書。食物由學校統籌處理。

我馬上登記，腦海裡已經有了幾個點子。首先想到的是《好餓好餓的毛毛蟲》（The Very

Hungry Caterpillar)。這本一九六九年出版的兒童書，文字和插畫是美國作家 Eric Carle 創作，已翻譯成六十六種語言，是大家都熟悉喜愛的一本童書。

想到要用這隻紅臉綠身的毛毛蟲為主題布置，去抓毛毛蟲嗎？或找來花蝴蝶點綴呢？都不容易。打消了這個主意，換本書吧。手邊正好有一本英文兒童書介紹中華文化藝術，適合自己發揮。場地是一個美麗的花園，綠草如茵，花木扶疏，我決定走簡約優雅路線。熨燙平整的白麻桌布、餐巾，精美的銀器、杯盤，中間的黑色花器裡，是三朵荷花兩片荷葉。黑白銀色系襯托出「映日荷花別樣紅」，那本童書立在荷花旁邊，兩枝大毛筆斜插一側。

家人親友聚餐，裝飾餐桌最能發揮美感。家園裡的花草枝葉取之不盡，一點想像力就夠好玩了。顏色、香味、觸覺、大小、代表的意義都可以巧妙地應用，稍微變化，感受完全不同，化平淡為神奇。

修剪桃樹時，一枝枝鋸下的含苞桃花，玻璃缸一擺，大氣十足。培養羅漢松時，一盆盆小樹苗聚攏一起，擺進大盤裡，縫隙塞滿蘚苔，生氣勃勃。竹葉松枝很好用，根據節氣，配上向日葵、牡丹、水仙，或金橘、南瓜、石榴都美。有一次用竹筐裝了一大叢金雞菊又名一桶金，就連筐帶花，平鋪倒翻在餐桌，像潑了一大桶金子在桌上，喜氣洋洋好兆頭，效果十足。

一千七百多年前，王羲之和朋友遊山玩水。在茂林修竹的雅致環境下，用酒杯盛酒，放入彎曲的河道中，任它自然漂流，停在誰面前，誰就取杯飲酒。吟詩詠敘，快然自足，不知老之將至，才能寫出流傳千古的〈蘭亭序〉。

《紅樓夢》有一段描述，賈寶玉和史湘雲在大觀園裡，圍火爐烤鹿肉的那一幕真是絕妙。玻璃世界白雪紅梅，割腥啖膻，席地而坐，環火而食，大口吃大塊嚼，著實過癮。吃肉喝酒後，錦心繡口，詩興大發。這種飲食生活充滿詩情畫意。

加州岩岸海域有許多海藻林，海水溫度適宜，養出許多品質優良的海膽。我們曾經在冬天去海邊捕撈海膽。內在色澤金黃，味道甘甜鮮美，圓圓的外表卻渾身是棘刺。清洗處理工作很耗費工夫，去殼清肚又弄得亂七八糟，這時戶外廚房就派上用場。經典吃法就是沖洗乾淨生吃，沾點芥末，微腥，卻真是鮮美。坐在懸鈴木下，樹葉幾乎落盡，冬陽暖暖的從枝縫穿透，吃自己撈獲的海膽，比在餐廳更刺激。

螃蟹也適合在戶外吃。秋月還未升起之前，捲筒牛皮紙往餐桌一鋪，蒸熟的螃蟹擺上，敲捶挖夾剔，拿出各種工具，蟹肉放一邊，蟹殼丟一邊，薑醋檸檬，憑各人喜愛，吃將起來。螃蟹既盡，杯盤狼藉。髒亂的紙張捲起，蟹殼殘肴一起扔掉。地上零星殘渣拿水管一沖，乾乾淨淨。明朗的月光下，腳旁金盞菊盛開，蚊蠅不近。

黃昏時分，花園內太陽能燈一盞接一盞亮起來，坐在樹下晚餐，懸掛在樹梢間低垂的小燈泡，射出一束束柔和的微光。家人對酌山花開，不遠處天主教堂鐘聲響起，隨風飄送，是該進屋了。

吃自己撈獲的海膽真刺激。

樹的夢想

外子、兒子和我三人自由行到西班牙旅遊。

多年養成的習慣，欣賞一個都市、到達一個新的地方，心理上的地貌和地標，離不開植物，尤其是樹。我們的對話經常是，「從人行道左邊算起第二棵樹，就是那家麵包店。」「這條路上只有一棵尤加利樹，絕對不會搞錯。」就像古人提到畫裡的松，「石橋南畔第三株」。

從巴塞隆納機場到旅館的路上，鄉野田邊種的都是夾竹桃（Nerium Oleander）。四月到九月正是開花季節，白、紅、黃、桃紅色，漏斗形的花朵，成片成片盛開，在微風中搖擺。地中海型氣候適合它們生長，作為保護農作物的防風林。

從小學到的是，夾竹桃有劇毒，各個部位包括樹液都有毒素，人畜吃了，或碰觸到，都可能中毒致命，就算燒成灰，吸進煙霧，也有毒害。只有夾竹桃天蛾的毛毛蟲有免疫功能，還以夾竹桃為主要食物來源。看到夾竹桃百花齊放，輕歌曼舞，聯想到蛇蠍美人，美麗中有悲傷的眼淚。

夾竹桃的莖像竹子，花如桃花，因此得名。小喬木，多半成叢做為樹籬。在巴塞羅納看到的竟有單株巨樹，高達十二英尺以上，橫向伸展開來，滿樹紅花或粉紅花，巍巍壯觀，和印象中的夾竹桃完全兩樣。

車入市區，街道樹大多是懸鈴木。正值盛夏，家園中的懸鈴木步道已是枝葉茂密、鬱鬱蒼蒼，天棚似的綠蔭遮住了驕陽。到了巴塞羅納，街上的懸鈴木更是雄偉高大，估計都是百齡老樹，頂天立地，直達三、四層樓高，冷眼看紅塵阡陌，人來人往，不由生起敬畏欽佩之心。站在客房陽台，婆娑綠葉觸手可及，與眾樹不同的米白棕灰樹幹，筆直挺拔，令人凜然屏息。

放下行李，兒子馬上外出，去買起司和伊比利火腿（Jamón ibérico）。伊比利豬外表是黑色或暗灰色，豬毛很少，體型較瘦，蹄子是黑色的，被稱為「黑蹄豬」，主要分布在西班牙和葡萄牙中部、南部。伊比利豬的牧養是保持生態系統最罕見的一個例子。西班牙利用草原和牧場混合，中間錯落生長著各種橡樹，形成一種很特殊的混林農業，這種牧場有一個名稱叫做Dehesa，兼顧家畜和野生動物。伊比利豬適應這種既是田園又像牧場，更如森林的生態環境，有豐富的天然資源，又有寬闊健康的土地，牠們自由自在分散在橡樹林裡，不停地運動奔跑，吃四種不同類型的橡樹果實。用伊比利豬製作出來的火腿，肉質緊密，香氣柔和，味道充滿油香和果仁甘香，十分特別又可口。火腿切成薄片，可以清楚地看到像大理石紋路的豐富油花，品質和價格都很高，是頂級的腌製肉類。

我們去了市場，一進去就看到高掛的一隻隻伊比利火腿，馬上稱重購買，當場切片，站著大吃起來。不禁憶起童年時，家裡吊掛著的金華火腿。那是拿來入菜煲湯，味道很鹹，不像伊比利火腿適合生吃，佐以起司、橄欖、番茄和各種Tapas，是美味的西班牙飲食。

米羅美術館（Joan Miro' Foundation）的入口處和中庭都栽種了橄欖樹，樹形優美，枝葉扶疏。米羅、畢卡索和達利是西班牙二十世紀的三位藝術大師。米羅美術館的庭園有許多他創作的雕塑

米羅美術館的雕塑和橄欖樹。

馬賽克長椅深具環保意識。

品，顏色鮮活，慧心巧思，將藝術和自然、建築、景觀融合一體。橄欖，這種生命之樹，旁邊就是大師的傑作，即興幽默，不失赤子之心，將藝術帶入生活和生命。橄欖樹的長壽及適應環境的能力和米羅的精神相當契合。他期盼世人，從藝術留下的痕跡，引起迴響，進入藝術的世界。

家園中有二十二株橄欖樹。當初挑選的條件是要盤根錯節，彎曲虬結的姿態，年年修剪下，更雕琢出了歲月的痕跡。來到遙遠的西班牙，看到橄欖樹，倍覺親切。西班牙的橄欖樹已有六千年以上的歷史，經常出現在經濟、文化、宗教和神話史詩裡。它們能適應各種惡劣環境，在烈日曝曬、泥土貧瘠、水分缺乏的情況下，仍堅如磐石，沈穩不移，不需太多的照料關懷，還能維護生態平衡和土壤流失。目前西班牙最老的橄欖樹已有一千七百歲，仍然繼續生產橄欖，製造橄欖油。西班牙的橄欖油產量全球居冠。

橄欖樹要長到三、四十歲才能開花結果。西方諺語，「我吃的葡萄是我自己種的，我吃的橄欖是我的祖父種的。」和銀杏一樣，「公植孫得食」，稱為公孫樹。同樣的，一個人種了橄欖樹，要等到當了祖父，孫子才能吃到橄欖果。

橄欖樹、銀杏、雪松、菩提，還有原生非洲的猴麵包樹（Baobab）都是地球上最古老、最可敬的樹種。今天，氣候變遷，冰川融化，過度開發，野火縱橫，已經威脅到古老樹種的生存。我們不只要專注於最老、最高、最壯、最美的樹，更要照顧好每一棵年輕的生命，它們才有機會變老、變高、變壯、變美。

十九世紀最偉大的建築家之一高第（Antoni Gaudi）喜歡將大自然中的萬物，像天空、樹木、風、沙、動物，融入創作中。一九〇〇年蓋的桂爾公園（Park Guell）是他最有名的建築創作之一。裡面那隻可愛的大蜥蜴，是運用彩色陶片拼出馬賽克貼磚雕塑，是巴塞羅納的象徵。

高第認為，單調的直線是人工作出來的，圓滑的曲線才是渾然天成。他在園中設計了很多弧形馬賽克陶片長椅，五顏六色，椅背下方有許多孔洞，能夠在雨天及時排水，避免在椅面積聚。小孔洞排出的雨水收集起來澆灌植物，循環利用，深具環保意識。

在桂爾公園遇到一棵有趣的樹——高第的角豆樹（Carob Tree）。園內一排排歪斜的砂岩石柱，組成像高架橋一樣的通道，是它的一大特色，石柱頂端種著葉緣有波狀硬齒，葉片呈劍形的龍舌蘭。一棵古老的角豆樹長在這排石柱的中間。當年高第在工程進行中，不把樹移走，而是在分叉的樹幹中間建起石柱。這棵角豆樹為了吸收陽光，只能橫著長，歪歪斜斜，符合高第的曲線理論，和園內的建築無縫接軌。目前它已長過矮石牆，往坡下伸展，每年還長出角豆。在無拘無束的園裡，生命尊貴又從容，這棵角豆樹活得真實又清澈。斯人已矣，樹仍長存，也許還有數百年的春秋。

角豆樹是地中海的原生常綠植物，可以高達五十英尺。樹長到六至八歲，就開始結豆莢，形狀如同羊角，比豌豆莢大，嚼起來像巧克力。角豆紫色的種子大小長得很均勻，每顆重量介於一九七至二一六毫克。自古以來，用它作為稱量寶石和鑽石的重量單位或法碼，所以「克拉」（Carat）源自小種子，訂為兩百毫克，就是從角豆樹的豆子而來。羅馬後期的純金硬幣的重量為二十四顆角豆種子，Carat 也成為衡量黃金純度的單位，二十四 K 即代表百分之百純金。

旅途中，火車穿過一片片紫色的薰衣草花田，漫山遍野，蕩漾著自然界亙古恆遠的韻律，依稀聞到了淡淡花香穿越車窗。氣候不同，家園裡的薰衣草坡已經枯乾待修剪，地中海氣候和緯度的原因，延緩了西班牙的花季。

小鄉鎮Echaurren的旅館正對著古老的教堂，紅磚黑瓦，悠揚鐘聲響起，園中桂櫻樹（Cherry Laurel）迎著晨光，優雅地直立在藍天白雲下，淡淡的米黃色花朵逐漸開放。

這家一百二十五年歷史、聲譽卓著旅舍的主人兄弟，和我們一見如故。他們擁有農莊、酒莊、牧場和蘑菇園，供應旅館內的餐廳，本人卻更像詩人、哲學家。喝著自家釀造的美酒，哥哥說，「我們看到的，都不屬於自己。我們真正擁有的是對世界的遠景和展望，以及如何詮釋自己的所見。」離別上路時，他們贈送了兩包自家核桃園生產的核桃，想到乾旱缺水造成加州核桃大量減產，戚戚然。依依不捨道珍重，他說，「美好的記憶不只是儲存在大腦裡，更要自如地放進心坎底。」

車入漁港邊，幾個小男孩拿著釣竿，一會兒跳入水裡，在長滿綠色蘚苔的大小石頭上，飛跑跳躍，一會兒攀上船沿，在漁船上追逐遊戲，笑聲不斷。岸上成排的檉柳（Tamarisk），樹幹姿態秀美，柔中帶剛，盛開著粉紅色、細細碎碎的小花，紛紛幽微飄揚。想起家園裡有數棵野生的檉柳，回家後，可以分株培養，種在步道邊，應是一番旖旎的風光。

到了馬德里植物園的溫室，玻璃花房內綠意盎然，暑意盡消。在植物園的一個角落展示著藝術家Mario Valdes的創作：「樹的夢想」（The Dream of Trees）。他是醫生，也是玻璃雕塑的名家，這個作品曾在歐洲數國和日本展出。

角豆樹活得真實又清澈。

玻璃藝術創作，樹的夢想。

一株株枯樹幹零散地插在滿布落葉的泥土地上，每株樹幹從中斜斜切開，或從樹椿整個砍斷，斷裂處崁入層層透明綠色的玻璃片。玻璃片裡是翠綠蔥郁的樹林和樹葉的影像。走進展覽廳，斷斷續續、忽大聲忽小聲，毛骨悚然的哭泣低吟聲，從四面八方傳來。那是樹在哭泣。

藝術家想要表達的是：大自然在向我們喊話求救，請大家思考，保護地球這件事，人類扮演了什麼角色？對這些燒焦的樹，我們身負重任。請自問：這些燒焦的樹有什麼夢想？人類究竟對這個世界做了什麼？回答這個問題並不容易，但是我們必須找出答案。如果我們想擁有一個綠色星球，一定要做到，防止野火燒林，絕對不能濫砍亂伐，要維持生態的多樣性、保護生態系統平衡，人類務必和大自然和諧共存。

這個展覽督促人們去思考，扮演好保護自然環境應該做的角色。我看了後，有很深的感觸，在留言簿寫下自己的心聲：「希望樹不要再哭泣，我們也感同身受，會努力完成你們的夢想。」

PEOPLE 514

樹的夢想：徜徉自然之間，聽一花一木、一草一石說說話

作　者—李家萍
攝　影—牛浩然
責任編輯—陳萱宇
主　編—謝翠鈺
行銷企劃—陳玟利
封面設計—陳文德
美術編輯—菩薩蠻數位文化有限公司

董 事 長—趙政岷
出 版 者—時報文化出版企業股份有限公司
108019台北市和平西路三段二四〇號七樓
發行專線—（〇二）二三〇六六八四二
讀者服務專線—〇八〇〇二三一七〇五
（〇二）二三〇四七一〇三
讀者服務傳真—（〇二）二三〇四六八五八
郵撥—一九三四四七二四時報文化出版公司
信箱—一〇八九九　台北華江橋郵局第九九信箱

時報悅讀網—http://www.readingtimes.com.tw
法律顧問—理律法律事務所　陳長文律師、李念祖律師
印　刷—勁達印刷有限公司
初版一刷—二〇二四年一月十九日
初版三刷—二〇二四年三月二十日
定價—新台幣四五〇元
缺頁或破損的書，請寄回更換

時報文化出版公司成立於一九七五年，
並於一九九九年股票上櫃公開發行，於二〇〇八年脫離中時集團非屬旺中，
以「尊重智慧與創意的文化事業」為信念。

樹的夢想：徜徉自然之間,聽一花一木、一草一石說說話/李家萍著. -- 初版. – 台北市：時報文化出版企業股份有限公司, 2024.01
面；　公分. -- (People ; 514)
ISBN 978-626-374-658-9(平裝)

863.55　　112019699

ISBN 978-626-374-658-9
Printed in Taiwan